不器用なプロポーズ

「俺のものなのに」

そして耐えかねたように、強引に唇をふさがれた。

最初から荒っぽいキスだった。

不器用《ぶきよう》なプロポーズ

真先《まさき》ゆみ

ILLUSTRATION：カワイチハル

不器用なプロポーズ

LYNX ROMANCE

CONTENTS

今さらなふたり

それは特に変わったこともなく、普段と同じような一日の始まりだった。

週の半《なか》ばの水曜日。

黒いジャケットを羽織って仕事に出かける支度を終えた暮郷奏多《くれさとかなた》は、八時半きっかりに自宅の玄関を出て、エレベーターで同じマンションの上階へ向かう。

めざすは十階の南東の角部屋。

キーリングにつけた合鍵でドアを開け、室内へ入ると、あたりは静まり返っている。

この部屋の住人は朝が弱いのも普段どおりのことなので、奏多は勝手に廊下へ上がり、右側のドアを勢いよく開けた。

「法隆《ほうりゅう》、起きろ！　仕事だぞ！」

寝起きの悪い男を叩き起こして朝食を食べさせ、ここから徒歩で十分程度の場所にある事務所に出勤させるのだ。

それが中学生の頃《ころ》からのつき合いで、いまではデザイン事務所の共同経営者でもある法隆秋仁《あきひと》と、毎日くり返してきた朝の光景なのだが、今朝は様子が違っていた。

ダークブラウンのカーテンが半分開いた寝室のベッドの上。同じ色の柔らかな毛布のなかから、見知らぬ青年がゆっくりと身体を起こす。

しかも動いたせいで毛布がめくれ、かなりの範囲であらわになった姿は、驚くことに裸だった。

「……えっ？」

青年はまだ眠そうに瞳を細めると、奏多に向かって不機嫌に言った。

「……うるさいなあ。あんた、誰？」

「誰って……」

そんなことは、こっちが聞きたい。

確実に奏多より年下らしい青年は、どちらかといえば中性的で、整った顔立ちをしていた。寝起きで長めの髪は乱れ、まぶたも重そうにむくんでいるけれど、それでも綺麗だと言える。しかも少しも隠そうとしないあらわな白い肌にはやけに色気があった。

親友であり家族のようにも思っている法隆のベッドに、男が裸で寝ている。

その理由を想像して、まさかそんなはずはと一度はその考えを打ち消したが、ベッドの上の青年も一緒に消えるわけではない。

法隆の恋愛対象は異性だけではないと、なんとなく話に聞いて知っていた。けれど実際に恋人として紹介されたのは、タイプはいろいろと違えど女性ばかりだったので、深く考えたことがなかった。

ぼんやりとしていたその存在が、現実に目の前に現れたのだ。奏多は自覚している以上に衝撃を受けていた。

こういう場面に出くわしたら、ひとまず見なかったふりをしてドアを閉めるのがマナーなのかもしれない。でもそうすると、自分のなにかが負けるような気がする。

それに法隆は今日も仕事の予定が詰まっているのだ。とにかく起こして出勤させないことにはこの場を離れられない。

奏多は青年の生意気な視線を淡々と受け流すと、法隆に向かって呼びかけた。

「法隆！」

名前を呼ぶと、法隆がごろりと寝返りをうつ。目が覚めたのか、のんきに大あくびを始めた。

「……カナ、おはよう」

身体を起こし、寝乱れた髪を荒っぽいしぐさでかき混ぜる法隆のたくましい上半身も裸で、その生々しさに奏多は眉《まゆ》をひそめた。

「起きたか」

「ん？」

あくびのあとの潤《うる》んだ目が奏多を捕らえ、しばらくしてから法隆は、しまったという表情をうかべた。ドアのところに立っている奏多と、ベッドにいる青年を交互に見て、ようやく状況に気づいたようだ。

「カナ……こいつはすぐに帰すから、とりあえずリビングで待っててくれ」

少しも悪びれずに言った法隆に、青年は信じられないといった顔でくってかかった。

「ちょっと法隆さんっ！　すぐに帰すってどういうこと!?」

「俺はこれから仕事なんだよ」

「それはわかるけど、でもすぐにってのは酷《ひど》いんじゃない？」

「おまえも大学があるだろうが」

そのやりとりはまるで痴話《ちわ》ゲンカで、見ているうちに奏多はバカバカしい気分になった。

こんなふたりにいつまでもつき合っていられるほど、自分はヒマではない。

「法隆、オレは先に行くから」

「カナ！　俺の朝メシは？」

「自分でなんとかしろ」

奏多はそっけなく返した。

三十歳を目前にしたいい大人だ。それくらいどうにかできるだろう。

それ以前に、もっと気にしなければならないことがあるだろう。恋人とベッドにいる場面を見られたのに、のんきに朝食の心配をしている場合か。

呆《あき》れた奏多は、さっさと寝室のドアを閉め、リビングではなく玄関へと向かった。

普段なら、奏多が作った朝食を一緒に食べながら、当日の仕事の予定を打ち合わせ、揃《そろ》って事務所へ出勤するのだが……。

「……驚いた」

今朝は普段と違う始まりだった。

まだ心臓がどきどきしている。

長いつき合いだが、法隆の部屋で恋人と鉢合《はちあ》わせたのはこれが初めてだった。しかも相手は男だ。

法隆に新しい恋人がいたとは知らなかった。

前の彼女と別れてそろそろ半年になるが、彼とはいつからつき合っているのだろう。

動揺を顔にはださないように気をつけたつもりだが、うまくできていただろうか。

奏多はエレベーターの前まで来ると、一度だけ部屋のほうを振り返ってみた。けれど部屋のドアは沈黙を保ったまま、法隆が出てくる気配はない。

ふたりはまた、あの痴話ゲンカのようなやりとりを続けているのだろうか。

考えると、なぜか胸の奥が、ざわざわと嫌な感じに騒ぎ始める。

奏多は到着したエレベーターに乗り込むと、一気に地上まで下りて、ひとりで出勤した。

法隆との思い出は、十三歳の夏の終わりから始まる。

夏休みももうすぐ終わろうという頃、奏多が住んでいたマンションの同じ階に、母親とふたりで越してきた少年が法隆だった。

引っ越しの挨拶だと、母親とともに玄関口に立っていた法隆は、にこりともしない無愛想《ぶあいそう》な子供で、同い年だから仲良くしてやってねと言われて頷《うなず》いてみたものの、こんな愛想のないやつとは無理だろうと思った。なにより少しも奏多のほうを見ようとしない法隆が、それを望んではいない気がしたのだ。

近所に住むようにはなったけれど、編入したクラスが違ったこともあって、ふたりは一気に仲良しになるようなことはなかった。姿を見れば挨拶《あいさつ》をかわす程度の関係に落ち着き、それは二年生に進級して同じクラスになっても変わらなかった。

法隆は現在の社交的な様子が嘘《うそ》のように気難しそうな少年で、気軽に声をかけづらい雰囲気から、特別親しい友達はいないようだった。

法隆がひとり大人びていたその理由を、奏多はたぶん知っていた。いったいどこからそんな情報を仕入れてくるのか、噂《うわさ》好きな住人が、得意げに奏多の耳に入れてくれたのだ。

法隆が引っ越してきた理由は、両親の離婚だった。

母親が飲食店を経営していて、経済的には裕福であること。母親は仕事が忙しいせいで家事を放棄《ほうき》していること。いつも帰宅が遅く、法隆の食事はコンビニ弁当やレトルト食品がほとんどであること。

そんな噂のとおり、法隆がコンビニの袋を提《さ》げてひとりで歩いている姿をよく見かけた。

気になったのは、家庭環境が自分とよく似ていたからかもしれない。

奏多の家族も、母親がひとりだけだった。

奏多の母親は商社に勤める会社員で、ビジネススーツを颯爽《さっそう》と着こなし、海外出張にも頻繁《ひんぱん》に行くような働き者だった。

同じ会社の同僚だったという父親とは、奏多を身籠《みごも》ったことで結婚という流れになり、一度は主婦になる決心をしたらしい。

けれども積み上げてきたキャリアと仕事への未練を断ち切れず、悩んだ末に仕事に戻ることを選んだ。大人しく家庭におさまることを望む父親の実家との折り合いが悪かったこともあって、奏多が幼稚園に入る前に離婚したのだそうだ。

以来、ずっと母親と二人暮らしだ。

母親は高給取りなので、不自由のない暮らしが与えられたが、やはり仕事が最優先の人なので、家庭のことは後回しになる。

奏多も、ひとりで食事をする侘《わび》しさを知っている。

だから思いきって声をかけてみた。

『オレ、いまからハンバーグを作るから、よかったらうちに食べに来ない？』

すると法隆は、驚いたような、ちょっと警戒するような表情になった。

『……なんで？』

どうして声をかけてくれたのか、不思議でしょうがなかったのだと、あとになって法隆本人から教えられた。

奏多としては、ただそうしたくなっただけなのだが、理由が必要なのだとわかって、とっさに答えた。

『オレも今夜はひとりでごはんだし、二人分作るのも、手間はそんなに変わらないから』

『……ハンバーグ？』

『うん。結構自信があるんだよ』

『いいの……？』

『嫌なら、わざわざ声をかけたりしないよ』

いつもの気難しい雰囲気は薄れ、遠慮がちに確かめる様子が彼らしくないなと思いながらそう答えると、法隆は、ほっとした顔で小さく笑った。あの時の表情は、いまでも忘れられない。

法隆は奏多が料理をする様子を、横に立って興味深そうに見ていた。

最後にかけるデミグラスソースは、手抜きをして市販のものを使ったのに、法隆は初めて感情もあらわに微笑《ほほえ》みながら、美味《おい》しいと何度も褒《ほ》めてくれた。

その翌日は肉じゃが。遠慮をさせないように、ジャガイモの皮をむくのを手伝ってくれと頼むと、法隆はあっさりと頷《うなず》いた。

『おまえ、なんでそんなに料理ができるんだよ』

目分量で鍋に調味料を入れていると、不思議そうに訊《き》かれた。

『誰も作ってくれないなら、自分でやるしかないだろ』

正直なところを答えると、

『……それもそうか』

法隆はなぜか驚いたあと、やけに納得していた。

週末はカレーを作って、二日目のカレーでもよければ日曜の昼も食べにおいでよと誘うと、日曜の正午ぴったりに法隆はやってきた。おやつだと、コンビニのビニール袋を両手にふたつも提げて。

昼食のあとは、おやつをつまみながらゲームをしたりテレビを観たりして、遅くなるまでずっと一緒に過ごした。

長く傍《そば》にいてわかったのは、法隆は見た目ほど気難しくも無愛想でもないということだった。楽しければ笑うし冗談も言う。ずっと一緒にいて居心地の悪さを覚えるようなこともなく、嘘みたいだが、昔からの友達と過ごしているような気にさえなった。

その翌日。息子の食生活の変化を知った法隆の母親が、慌《あわ》てて奏多の家にお礼を言いにやって来た。彼女は噂で聞いていたような無責任な親ではなく、法隆を育てるために懸命に働いている、息子想いのお母さんだった。

彼女は、せめて息子が食べた分だけでもと食材費を用意していたが、奏多の母親が頑《がん》として受け取らなかった。母親の言い分は、食費に関しては息子に一任しているので、誰となにをどんなふうに食べようとかまわない。息子がそうしたいと思って法隆を家に招《まね》いたのだから、こちらとしてはなにも問題はないというものだった。

それから法隆は、ほとんど毎晩のように奏多の家に通い、一緒に夕食を食べるようになった。母親が食費の代わりにと用意した、仕事がら手に入る新鮮な食材や美味しい菓子を持って。

母親同士も気が合ったようで、休日の予定が合えば、四人で食卓を囲むこともあった。

毎夜の小さな団欒《だんらん》が影響を与えたのか、法隆は学校でもよく笑うようになり、高校に入学する頃には、奏多にも負けないほど友達が増えていた。

その後、同じ大学へ進んでも、一緒に食卓につく習慣は変わらず、また最も仲がいい相手もお互いのままだった。

けれども社会人となり、それぞれの道を歩き始めてからは、さすがにそうもいかなくなる。法隆は暇を見つけては奏多の家に通い、胃袋を満たしては満足そうに帰っていく。

数年後に共同で事務所を立ち上げ、同じ職場に落ち着くことになって、奏多は法隆の食生活の面倒を見る日々に戻っていたのだった。

それから一週間と離れていたことがない、家族同然の存在。

お互いの初恋の相手から、初体験の時期まで知っているような濃いつき合いをしているのは、法隆の他に誰もいない。

奏多にとって法隆は、そんな男だった。


レトロモダンな外見のビル。

その五階に『法隆秋仁デザイン事務所』はあった。

主に空間デザインや工業デザインを手がけている。

だだっ広い作業フロアの床はナチュラルブラウンの板張りで、取り囲む壁は温かみのある漆喰《しっくい》だ。

フロアの手前半分には、壁に沿って木製の長い机が置かれ、四人いるスタッフがそれぞれ自由に居場所を確保して使っている。

奥には、窓に背を向ける配置で法隆と奏多の机がふたつ。

向かって右側が法隆の作業スペースで、机の周辺の棚には、分厚い資料本から、がらくたにしか見えないようなものまで、法隆にインスピレーションを与えたものがところ狭しと詰め込まれている。それは左側の奏多の棚まで占領してきていて、いまでは法隆のスペースの隅に奏多の場所があるような有様だ。

正反対に整然とした机に向かっていた奏多は、いまだ今朝の衝撃を引きずっているものの、午前中に片づけておきたい事務仕事をなんとかこなしていた。

法隆は始業時間に少し遅れて出勤してきて、そのあとは納期が迫っている仕事があるので黙々と作業に没頭している。

いまは常に複数の仕事を同時に進行している状態で、多くの需要があるのはありがたいことだが、まとまった休みが取れなくなっているのが少し辛《つら》い。

一昨年《おととし》にヨーロッパで開催された展覧会で法隆が出品した作品が注目を集め、海外からも仕事の依頼が入るようになり、仕事の規模も奏多ひとりの手には負えないようになってきている。

この事務所は奏多と法隆の共同経営だが、デザインをするのは法隆だけで、奏多は総務や経理や広報など、デザイン以外のすべてを担当していた。そして最も重要な仕事は、法隆の秘書的役割だ。

なにしろ法隆という男は、気分が乗ると時間を忘れて創作に没頭してしまい、寝食などの生活を後回しにしてしまうのだ。奏多がいつまでも世話を焼くのをやめられないのも無理はないだろう。

どんなに忙しくなっても、法隆のサポートは完璧《かんぺき》にこなしたい。それは誰にも譲れない奏多の役目であり、そのためにこの事務所があると言っても過言ではなかった。

どちらに重点をおくか、ふたりで相談した結果、外国との交渉に明るい人物を新たに所員として迎え入れ、戦力になるデザイナーも増員した。

奏多は変わらずに法隆の公私共に補佐役を務《つと》めながら、事務所は一段上のステージへ上がろうとしている最中で、勢いと活気にみちている。

先日も、法隆が拘《こだわ》りぬいて制作した携帯電話がようやく発売までこぎつけ、関係者を集めて盛大な祝賀パーティーが催《もよお》されたばかりだった。

奏多は別の仕事が入っていたため、宴の途中で会場をあとにしたのだが、法隆は朝まで飲み歩くほど上機嫌だったと聞いている。

「……まさか、ハシゴした店で羽目をはずしてナンパしたんじゃないだろうな」

最後まで同行していたスタッフに、もっと詳しく確かめておけばよかった。

法隆の行動がつい気になるのは、もはや奏多の習性とも言えた。

そんなことをぐるぐると考えている間に、気づけば時刻は正午をとうに過ぎていて、他のスタッフはみんな昼食をとるために外へ出ていた。

法隆もいつの間にか姿を消している。

事務所周辺には、美味しくて安い定食屋や洋食屋が揃《そろ》っている。いつもなら奏多も外出するのだが、今日はあまり食欲がわかないので、フロアに居残って電話番をすることに決めた。

ついでに溜《た》めている郵便物でも片づけようかと、出版社から献本として届いた雑誌を封筒から取り出しては積み上げる。

法隆が手がけた携帯電話の広告ページを開いてみた奏多は、思わず声を上げていた。

「……これは……」

発売されたばかりの携帯電話を手にしてポーズを決めているのは、今朝、法隆の部屋で会った青年だった。

「あいつ、ヒロヤだったのか」

ヒロヤという名前で芸能活動をしている青年は、最近では大人気のファッションブランドの専属モデルとして雑誌やテレビに露出が増え、特に若い層から支持されている注目のモデルだった。

宣材《せんざい》に起用するモデルとして資料に目を通したはずなのに、まったく気づかなかった。

今朝よりもずっと知的で男っぽいヒロヤの表情を、不思議な気持ちで眺《なが》めていると、

「カナ」

ふいに名前を呼ばれて顔を上げる。

法隆がコンビニのビニール袋を手に提げて戻ってきた。

「……法隆」

今日の法隆は、パンク風の派手な模様が描かれた長袖のカットソーに、黒のストレッチカーゴパンツを合わせている。

奏多は身だしなみとして勤務時にはジャケット着用を心がけているが、法隆はクライアントと会う場合でもなければこんなものだ。

「昼メシを食いに行かないのか？」

「あ……うん、まだ終わらない仕事があるからな」

「そうか」

とっさに適当な嘘をついてしまったが、なんだか気まずい。見ていた雑誌を片づけ、忙しいふりをして、用もないのにノートパソコンを開いてみたりする。

その間に法隆は、フロアの端に寄せていたスチール製のテーブルを、奏多の机の傍まで運んできた。

「……なに？」

「なにって、昼メシだよ」

そしてテーブルの上に、袋から取り出したものを並べていく。ペットボトルの紅茶と、サンドイッチとおにぎりと、スイーツが数種類ずつ。

「カナも、これ食いながら頑張《がんば》んな」

おすそ分けだと言って手渡されたのは、昆布《こんぶ》のおにぎりだった。奏多の好物だ。

「それから、今朝は驚かせて悪かったな」

ついでのような言い方だったが、法隆に謝られて奏多は心の中で慌てた。まだ衝撃を引きずっていると知られたくなくて、包装をむいたおにぎりを一口かじる。

「……こっちこそ。いきなり邪魔して悪かったよ」

「気にするな」

そう言う法隆は、少しは気にしてほしい。

男と裸でベッドにいる場面を見られたというのに、あっさりしすぎやしないだろうか。

「あの子、ヒロヤだったんだな」

「ああ」

「つき合ってる……んだよな？」

「むこうはそのつもりのようだから、そうなんだろうな」

法隆はまるで他人事のように答える。

「なんだよそれ。おまえはそのつもりじゃないって聞こえるけど？　悪い男だな」

「褒め言葉か」

「褒めてないだろ、全然！」

外見は野性的で性格は社交的。海外でも高く評価されるほど仕事もできるし、それなりの蓄《たくわ》えもある。

法隆がモテる男なのは、よく知っている。

「……男の恋人を紹介されたのは初めてだ」

「そうだったか？」

「そうだよ。覚えてないのか？」

そう言うと、法隆はサンドイッチを食べる手を止めて考え始めた。

紹介された彼女もいるし、会う機会もなく別れた相手もいる。そのうちの何人が男だったのか。

なにが原因なのか、法隆は恋人とあまり長続きしない。いちいち意識していたらキリがないので、何番目かも途中で数えるのをやめてしまっていた。

それなのにヒロヤのことは妙に気になる。

胸にひっかかって、どうにも気持ちがすっきりしない。

ヒロヤが男だからだろうか。それとも、あんな形で関係を知ってしまったからだろうか。

事務所設立のころから世話になっている税理士のパートナーも同じく男なのだが、これほど気にはならなかった。打ち明けられたときはさすがに驚いたが、そういうこともあるのだとすぐに納得したものだ。

だったら法隆とヒロヤのことも、すぐに平気になるのだろうか。

「……カナ、どうした？」

「え？」

「米粒落ちたぞ」

「あ…っ」

奏多は机に落とした米粒を、ティッシュで拾って包んだ。

「どうも様子が変だな。やっぱり今朝のことを気にしてるのか」

「えっ……」

「そうだよな、男を相手にあんなこと、理解できなくて当然だ」

俯《うつむ》いた法隆がすまなそうな顔をする。それでも奏多に笑いかけようとするので、奏多は慌ててフォローした。

「バーカ。法隆がどっちもいけるのは知ってたし、今さらだろ。オレはただ……」

「……なに？」

「また今朝みたいなことがあるとマズイから、明日からおまえを起こしに行くのを辞めようかと考えてただけだ。あと夕飯も、控えたほうがいいんだろうな」

本当は自力で起きられるのだからと提案すると、法隆の顔つきが変わった。

「ちょっと待て、なんでそうなる」

「えっ、でも……」

「今朝みたいなことは、二度とないようにする。なにもカナが変わることはないだろう」

「じゃあ、ヒロヤに起こしてもらえよ」

「ヒロヤに？　どうしてだ」

本気で不思議そうに返されて、奏多はため息をついた。

ヒロヤに見当違いな嫉妬《しっと》を向けられるのは面倒なのでそう言ったのだが、法隆には伝わらなかったらしい。

「どうしてって、恋人だろう」

「そうだが……それとこれとは関係ない」

「法隆」

「カナがヒロヤに遠慮することはない」

予想外に強い口調で断言されて、奏多は一瞬怯《ひる》んだ。

「遠慮なんかしてないよ」

「じゃあ、変に気を遣《つか》うな。あいつには、カナは俺の仕事のパートナーで、家族みたいなやつだと、ちゃんと説明してある」

「ヒロヤにオレのことを話したの？」

意外な話に奏多は驚いた。

「ああ。合鍵を持ってる相手がいたなんて知らなかったと、怒られたからな」

「……鍵、返してもらえって言われただろ」

「いや、仕事絡みなら仕方がないと、理解してくれたよ」

「……そう」

法隆はなんでもないことのように言ったが、ヒロヤはそんなに都合のいい相手だろうか。

勝気そうなまなざしと、挑戦的な態度。

今朝の印象から奏多は疑問に感じたが、ここで蒸し返しても答えは出ないので、法隆の言葉を信じて納得しておくことにした。

法隆はサンドイッチの最後の欠片《かけら》を口に入れると、ペットボトルを手に取った。

「カナが作ってくれるメシで俺はここまで育ったのに、いまさら見捨てるなよ」

「……法隆」

どうやら法隆のなかでは、恋人と奏多は別々の場所にいて、同時に存在できるものらしい。

「……わかったよ。法隆がそう言うなら、朝起こしに行く件は、とりあえず続行ってことにしておく」

「よかった」

「今度こそ長続きする相手だといいな。まあ……応援してるよ」

「サンキュ」

法隆がほっとしたように呟《つぶや》いたところで、携帯電話の着信音が鳴りだした。

「オレじゃないよ」

「俺のだ」

法隆は作業机の上に置きっぱなしにしていたそれを手に取ると、フロアの入り口に向かって歩き出す。

「電話してくる。あと、それもカナの分だから。ちゃんと食っとけよ」

法隆がテーブルに残していったのは、サンドイッチとプリンがひとつずつ。

「……チーズサンドとキャラメルプリン」

どちらも奏多が好んでよく食べているものだった。

おすそ分けだと言っていたけれど、本当はわざわざ買ってきてくれたのだろうか。

奏多は、もう見えない法隆の姿を追うように視線を揺《ゆ》らす。

電話の相手はヒロヤかもしれないと思うと、胸の奥がちりっと騒いだ。


法隆の新しい恋人が発覚してから、一週間後のこと。

あと一時間で終業時間だというころに、来客の応対に出たスタッフが法隆を呼んだ。

「俺に？」

「はい。ヒロヤさんです。約束しているとおっしゃったので、応接室のほうへ」

「なんでここに……」

呟きながら、法隆は椅子から立ち上がる。

応接室に向かおうとしたが、それより先にヒロヤが作業室の入り口に姿を現した。

すらりとした体型に、新作の秋物のシャツがよく似合っている。

その華やかな容貌には誰もが目を奪われるだろう。こうしてあらためて会ってみると、一般人とは身にまとうオーラの輝きが違う。

「みなさんお久し振りです。お邪魔します」

そう言ってヒロヤは、にっこりと天使のように微笑んだ。

すでにスタッフたちとも顔見知りなので、周囲は親しげな雰囲気になる。

「店の近くで会う約束だろ」

「撮影が予定より早く終わったから」

どうやらこのあとはデートの予定らしい。

ヒロヤは法隆をめざして作業フロアへと足を踏み入れた。

「作業フロアは関係者以外立ち入り禁止だ。悪いが、それ以上室内へ入るのは遠慮してくれ」

すかさず声をかけると、ヒロヤは浮かべていた笑みを強張《こわば》らせた。

「……なんでですか」

「ここで進めている作業のなかには、まだ世間に発表できない段階のものもある。部外者の目に触れさせるわけにはいかない」

スタッフが使用しているパソコンの画面には、まだアイデア段階のイラストや、すでに決定稿であるディスプレイの設計図が表示されている。

「オレがなにかするとでも？」

ヒロヤは顎《あご》を上げ、奏多に向かって挑発するように言った。

「そうじゃない。だが、万が一なにかあった時には、事務所の信頼に関わる」

素人《しろうと》がちょっと画面を見たくらいでは、たいした影響はないかもしれない。それでも奏多は、事務所内の情報管理については厳しく徹底させていた。

法隆の客だからと例外を認めていたら意味がないし、スタッフにも示しがつかない。

「なにも君だけに言っているわけじゃない。うちの税理士も、ここまでは入ってこない」

税理士と会うときは、いつも隣のミーティングルームを使っているくらいだ。

けっして、ヒロヤにだけ特別厳しくしているわけではない。

「ここは仕事場だ。わきまえてくれ」

これから法隆とつき合っていくつもりならと匂わせると、ヒロヤは悔しそうに俯き、法隆に寄り添った。

「法隆さん……」

「悪かったな、カナ。ヒロヤにはよく言っておくから」

法隆はヒロヤをかばうように謝り、そして背中に手を添えて、フロアから連れ出そうとする。

法隆が謝ることではないのに。

まるで自分がヒロヤをいじめたような雰囲気になって、奏多はため息をついた。

「法隆、今日はそのまま上がれよ」

「カナ……」

「これ、先方へのプレゼンまで、まだ余裕があるだろう」

法隆の作業机に載っているスケッチの束を指さすと、法隆は納得したように頷いた。

「……そうだな。じゃあ、お先に」

「ああ。お疲れ」

奏多は笑顔を浮かべて見送る。

法隆が背を向けると、ヒロヤがすぐにそのあとを追った。

「……法隆さん、ごめんなさい」

「いや。次から気をつけろよ」

「うん」

フロアを出る間際に、ヒロヤは法隆の腕に甘えるように抱きつき、ちらりと奏多を振り返った。そしてなぜか勝ち誇ったような笑みを浮かべる。

まるで法隆との仲を見せつけるようなしぐさに、奏多は嫌な気分になった。

フロアには気まずい空気が残り、スタッフも仕事に集中できないようなので、今日は早めに終わらせることにした。

奏多は一番最後に事務所を出て、戸締まりのあとに警備会社のセキュリティのスイッチを入れる。

マンションに帰ろうと歩き始めると、見計らったように携帯電話の着信音が鳴りだした。

ジャケットのポケットから取り出してみると、相手は大学時代からの友人だ。

「……飛嶋《とびしま》」

飛嶋俊司《しゅんじ》は、大学を卒業後、実家の輸入家具を販売する会社に就職している。人当たりのいい社交的な性格は営業向きだったようで、着実に顧客を増やしているそうだ。

奏多は通話キーを押すと、耳に当てた。

「もしもし」

『奏多、久しぶりだな』

甘さを少し含んだ耳あたりのいい声が笑っている。飛嶋には昔から何度も困らされたけれど、この声だけは文句なく好きだと言えた。

「久しぶりって、ついこの前に電話で話したばかりだろ」

『二週間も前だろう。元気だったか』

そう訊かれて、気持ちが滅入《めい》っている原因の、法隆の新しい恋人のことが脳裏《のうり》をかすめたが、奏多はそれをすぐに打ち消した。

「元気だよ。それで、どうしたの？」

『今夜、他に予定がないなら、食事に誘いたいんだが』

「今夜？」

『面倒な商談をまとめてヨーロッパから帰国したばかりなんだ。みやげを渡したいし、久しぶりに奏多の顔を見て癒《いや》されたい』

この男は、いつもこんな調子で奏多を口説《くど》いてくる。

『なにか先約があるか？』

「……別にないけど」

気づけばもう一年以上もフリーの奏多は、まっすぐマンションへ帰って、ひとりで夕飯を食べるだけだ。

『じゃあ、いつもの店でいいな。待ち合わせは一時間後。最寄り駅の東口広場で』

てきぱきと話を進める飛嶋のペースが、今夜はなぜか嫌ではなくて、奏多は苦笑しながら了解していた。

いい気晴らしになるかもしれない。

「わかった。じゃあ、またあとで」

通話を切ると、いったんマンションまで戻り、出かけるための支度をする。

秋も深まり、朝夕が次第に涼しくなってきたので、シンプルな白のカットソーに黒いジップブルゾンを羽織った。

電車で店の最寄り駅まで移動し、東口から外へ出ると、飛嶋はすでに到着していた。なにを表現しているのかわからないオブジェの前に立ち、人の流れに目を向けている。

飛嶋も仕事のあとに着替えたのか、鮮やかな空色のシャツに、濃紺のテーラードジャケットを合わせ、ラインの綺麗なデニムのジーンズをはいていた。

前を通り過ぎた二十代くらいの女性のふたり組が、何度も振り返っては、飛嶋のことをうっとりとした顔で見ている。

男の目線で見ても、飛嶋はかっこいい男だと思う。奏多を困らせるようなことさえ言わなければ、本当にいい友人なのだが。

奏多はゆっくりとした足取りで飛嶋に近づいた。

「おまたせ」

「奏多！　顔を見るのはひと月ぶりだな」

目が合うなり嬉しそうに微笑まれる。

「今夜も綺麗だ」

「……飛嶋。そういうのはやめろって言ってるだろ」

飛嶋には、過去に二度ほど告白されたことがある。

かいがいしく法隆の世話を焼く姿に惹《ひ》かれた。法隆へ向けるものの半分でもいいから、自分のことも見てほしいと願われたが、飛嶋のことはいい友人としか思えなかったので、丁重《ていちょう》にお断りした。

疎遠《そえん》になることも覚悟したが、親交は大学を卒業しても途切れることなく続き、飛嶋はいまだに冗談とも本気ともつかないアプローチをしかけてくる。

だから奏多は、飛嶋にはなるべく甘い顔をしないように心がけていた。

ときには冷たくあしらいすぎたかと心配になることもあるが、本人はそういうやり取りもまた楽しいらしい。懲《こ》りない男なのだ。

おかげで沈んでいた気分が、ほんの少し浮上する。

「もういいから、行こう」

奏多が先に立って、駅前の広場を出る。道路脇の歩道を歩き、コンビニの角から脇道に入って、五分ほど歩いた先にあるビルが目的の場所だった。

ビルの横の階段で地階に下りると、若竹色の暖簾《のれん》がかかった店の入り口にたどりつく。

ガラスの引き戸を開けて店内に入れば、威勢のいいかけ声に出迎えられた。

竹細工の壁でぐるりと囲まれた、個室のような雰囲気のテーブルに案内され、ふたりはメニューを開く。

この店は地方の美味しい地酒を豊富に取り揃えていることで知られているが、料理のメニューも多く、飲めない者が訪れても満足して帰れる店だ。

飛嶋とは何度も訪れているので、お互いの好物を選んで注文を済ませた。

それほど待たされることなく料理が運ばれてきて、ふたりは自分の皿に取り分けて食事を始める。

はなからタクシーで帰宅するつもりの飛嶋は、辛口の日本酒を飲んでいた。

奏多もビールを飲んでいるが、そのペースはいつもよりも遅い。ふっくらと焼けた厚焼き玉子を箸で切り分けながら、無意識にため息をこぼした。

「奏多」

「……えっ？」

「ずっとぼんやりしているようだが、なにかあったのか？」

「べつに、なんでもないよ」

「そうかな。いつもと様子が違う」

「そんなことは……」

「自覚がない？　まるで萎《しお》れた花みたいな顔をしてるぞ」

「なんだよそれ。萎れた花って……」

気晴らしのつもりで食事に来たのに、奏多は気づくと法隆のことを考えていた。

あれからふたりはどこへ食事に行ったのだろう。やはり法隆が年下の可愛い恋人にご馳走《ちそう》してあげるのだろうか。

食事のあとは、どうなるのだろう。

明日の朝、法隆を起こしに部屋へ行って、またヒロヤがベッドにいたら……。

そんな想像で頭がいっぱいになり、胸の奥に重いものが痞《つか》えるような感じに、食欲がなくなっていく。

一緒に食事をしている飛嶋に申し訳なくて、奏多はなにかうまい言い訳を考えた。けれども……。

「気にしているのは法隆のことか。ケンカでもしたのか？」

近いところを当てられて、奏多の胸がドキリとした。

「……どうして？」

そんなふうに思ったのか訊くと、飛嶋はあっさりと答えた。

「仕事の悩みなら、奏多はそう言うだろう。でもとぼけるってことは個人的なことで、それなら法隆が関係していないわけがない」

「それは……っ」

「わかるよ。だてにずっと奏多を見てきたわけじゃないからな」

飛嶋の言葉が、胸にすとんと落ちてくる。

親しい者が見ればわかるほど、自分は法隆とヒロヤのことに捕らわれているのか。

「なんだか深刻そうだが、そんなに謝るのが難しいケンカなのか？」

どうして自分が謝るほうなのか腑《ふ》に落ちないが、飛嶋の気遣いがわかるから、あえて聞き流した。

店内は他の客の笑い声や話し声でほどよくざわついていて、竹細工の囲いの陰でなら、そっと打ち明け話をしてもいい気分になる。

「そんなんじゃない。法隆の新しい恋人に会っただけだよ」

深刻なケンカではないと知った飛嶋の目が、面白そうな話題に惹かれてきらめいた。

「へえ。前の恋人と別れてから、半年くらいか。よかったじゃないか。彼女は美人だったか？」

「まあ……美人かな」

寝起きのままでも綺麗だった。彼女ではなかったけれど。

「それで、その恋人がどうかしたのか？ 彼女ではなかったけれど。」

詳しく訊かれて、奏多は答えに困った。

ただの噂話だとしても、法隆のいない場所で、踏み込んだことまでなんでも話してしまうのは気が引ける。

けれど彼女ではなかったことを話さないと、奏多がぼんやりしていた理由が説明できない。

「……なるほどね。もしかして、相手は男だったのか」

「どうしてわかった!?」

驚いた奏多は、飛嶋の顔をまじまじと見つめた。

「やっぱりそうなのか」

「えっ？」

「奏多の様子から、そうじゃないかと推察《すいさつ》しただけだ。あいつがどちらでもいけるのは俺も知ってるし。相手が女だったら、奏多がいまここでそんな顔をしているはずがないだろうからな」

「飛嶋……」

飛嶋はお猪口《ちょこ》を口に運ぶと、残っていた最後の酒をぐいっと飲み干した。

「そろそろ場所を変えて飲まないか？」

いつの間にか、テーブルの上の料理はほとんど片づいている。

もっと飲んで、酔いにまかせて胸の内のもやもやとしたものを吐き出したら、気持ちがすっきりするような気もするが、飛嶋をそこまでつき合わせるのも悪いだろう。

「いや、お互い明日も仕事だから」

「じゃあ、お開きにするか」

奏多は頷くと、飛嶋と一緒に席を立った。

乗り合わせたタクシーで、先に奏多のマンションの前に到着する。

遠回りしてくれた礼を言って車から降りると、なぜか飛嶋も一緒に降りてきて、そのままタクシーを帰してしまった。

「……飛嶋？」

「本当はまだ飲みたい気分なんだろう。続きは奏多の部屋でな」

「おまえ、いまから飲んでたら、帰りは何時になると……」

「それに、もっと話したいって顔をしてる」

他人の気配の多い居酒屋などではなく、落ち着いた場所で話したかったのだろうと飛嶋は言う。

見透かされているのが悔しい。

「でも、それは、法隆のプライベートな話だから」

「法隆のことなんかどうでもいい。奏多の話をしよう」

原因の法隆のことではなく、萎れた花みたいな顔をしている奏多の話を。

奏多は顔を上げると、マンションの上階を見上げた。

十階の角の部屋。法隆の部屋の窓には、明かりが灯《とも》っていない。まだ帰っていないのか、それとも明かりを消しているのか……。

「じゃあ、一時間だけだぞ」

それ以上深酒《ふかざけ》すると、明日の仕事に差し支《つか》える。

結局、飛嶋の思惑どおり、近所のコンビニで酒を買い込み、奏多の部屋で飲み直すことになった。

上層階の法隆の部屋は家族向けの2LDKだが、低層階は単身者向けに、一部屋少ない間取りになっている。

フローリングに敷いた、毛足の長いベージュ色のラグの上に腰を下ろした飛嶋は、ジャケットを脱いでくつろいだ。

ナッツをつまみに缶ビールを傾ける。

お互いに一本空けようかという頃、飛嶋が話し始めた。

「奏多は、法隆の男の恋人と会ったのは初めてだったのか？」

「そうだよ。だからあいつが男もいけるって話も、半分信じてなかった」

「俺はあるよ」

「えっ？」

自分の知らないところでそんなことがあったのかと驚けば、飛嶋は首を横に振った。

「べつに紹介されたわけじゃない。偶然だ。接待の帰りに、街中でばったり出くわして、連れのほうからそう挨拶された。不用意なやつを連れているなと思っていたら、一週間後にはそいつと別れていたよ」

「……全然知らなかった」

「それで、奏多はどう思った？」

「どうって？」

「男の恋人を目《ま》の当たりにして、驚いたか？　どんな気持ちになった？　もう自分はお役御免《やくごめん》だと安心したか？　それとも、法隆のことが嫌になったか？」

「オレは……」

おかしな気分だった。飛嶋との間で法隆のことが話題になることはよくあるが、相談をするのは初めてかもしれない。

「もちろん驚いたよ。それから、胸のなかがもやもやと、こう……すっきりしないというか……」

「相手の男にイラッとしたり？」

「ああ、それもあるかな。相手はやたらとオレに挑発的で。オレが法隆の部屋の合鍵を持っているからかもしれないけど」

だから奏多は、絶対に挑発には乗らないつもりだった。いい大人が、そんな安っぽいマネをするわけにはいかない。

「なんであんなやつを選んだのか理解できない。法隆は趣味が悪すぎだ、とか思った？」

「それは……」

正直、思わなくもない。なにもあんな気が強そうなのを選ばなくても、もっと優しくて尽くしてくれるような男が他にいるだろうと。

「オレの大事な法隆になにをする……って嫌な気持ちになった？」

「……なった……かもしれない」

なぜ飛嶋にはわかるのだろう。

なんでも知っているはずの幼なじみの、知らない顔に動揺した。ヒロヤといるときの法隆は、奏多の知っている法隆じゃなかった。

飛嶋の質問に答えているうちに、少しずつ自分の心が鮮明になっていく。

法隆は、奏多がヒロヤに遠慮をすることはないと言った。法隆にとって奏多とヒロヤは別の存在で、どちらも大切なもののようだったが、はたしてそれもいつまで続くだろう。

ヒロヤから向けられた、挑戦的な視線が脳裏に浮かぶ。

もしもこの先、法隆が誰よりもヒロヤを優先するようになり、奏多の知らない法隆がもっと増えていったら……どうすればいい。

「そういう気持ちを、なんて呼ぶのかわかるか？」

「……なに？」

「独占欲」

言葉にされて、奏多はやっと目が覚めたような心地がした。

このもやもやした気分の原因は、自分から法隆を奪っていこうとする相手への嫉妬だったのか。

いままでは相手が女性だったから、そもそも比べようという気も起きなかったし、不思議と負ける気もしなかった。

けれども今回は違う。

奏多もヒロヤも同じ男で、同じ土俵に立っている。ヒロヤは悔しいことに奏多にはない魅力を持っていて、充分に奏多の脅威《きょうい》になりえた。

奏多はビールの空き缶を床に転がして、ため息をついた。

「……独占欲って、なんだよ。それこそ今さらだろう」

こんな気持ちに気づいたからといって、どうなるというのだ。

しかもヒロヤはすでに法隆の恋人で、深い関係を結んでいるというのに。

自分のなかに、法隆に対する強い独占欲があるのは認める。だがヒロヤを排除してでも自分が恋人になりたいのかというと、正直なところはわからない。そうなった自分も想像できない。

途方に暮れていると、立ち上がった飛嶋が奏多のすぐ隣に座り直した。

「独占欲から解放される方法を知りたいか？」

「……そんな都合のいい方法があるのか？」

「おまえも恋人を作ればいい」

「恋人？」

そういえば、ずっと仕事ばかりで恋愛など二の次になっていた。

たしかに恋をすれば、相手への想いで頭がいっぱいになり、幼なじみへの子供じみた独占欲など隅《すみ》に追いやられるだろう。

「そこでだ、ここにうってつけの男がいるんだが」

「え？」

「奏多が頷けば、すぐにおまえのものになる男だ。そろそろ気持ちを変えて俺の想いを受け入れてみないか」

「飛嶋……」

またその話かと、軽く流そうとした奏多は息をのんだ。

いつの間にか距離を詰めてきていた飛嶋に、間近から瞳を覗《のぞ》き込まれる。それだけなのに、身体が捕らわれたように動けない。

「誰よりも大切にする」

嫌だと言えばいい。その気はないと、いつものように断ればいい。

「奏多だけを愛する」

けれども恋人の手を取って自分から離れていく法隆をひとりで見送るくらいなら、いまここで頷いてしまったほうがいいような気がしてくる。

「オレは……」

流されるまま頷こうとした奏多は、ふいに鳴りだしたメールの着信音で我に返った。

いいや、違う。酔っているからそんなふうに思うだけだ。こんな状態では、正しい答えなど出せやしない。

「……ごめん。もう限界。オレは寝る」

「奏多！」

「こんな酔った頭じゃ、なにもまともに考えられない。だから、また明日」

飛嶋は納得がいかないようだったが、しぶしぶと身体を引いてくれたおかげで、奏多はやっと身動きができるようになった。

「もう遅いから、泊まるなら好きにしろ。そこのソファと毛布を貸してやる」

奏多は逃げるように寝室へ入ると、ベッドに倒れ込む。

いちおうメールを確認しておこうと携帯電話を開くと、法隆からだった。

仕事を早く上がった詫びと、その後の奏多を心配する言葉がつづられている。

「……ったく法隆は。デート中だろうに、なにやってんだよ」

口では呆れた文句を言いながらも、気にかけてくれて嬉しい気持ちは隠せない。

「……独占欲なんて……ほんと、今さらなのに……」

奏多はため息をつくと、そのままなにも考えないように目を閉じた。


翌日の朝。目覚めは鈍い頭痛とともにやってきた。

「いま何時だ……？」

ベッドの脇に置いてある時計を見ると、時刻はとっくに九時を過ぎている。

「九時!?」

奏多は慌てて飛び起きた。急に動いたせいで頭が割れそうに痛んだが、それどころではない。

寝室からリビングに出ると、飛嶋はすでに起きていて、たたんだ毛布を片づけているところだった。

「飛嶋、まだいたのか。もう九時を過ぎてるけど、おまえ仕事は？」

「午後から行くよ。せっかくだから、奏多の作る朝ごはんを食べてから出勤しようと思ってね」

「なにをのんきな……」

頭痛が酷くなった気がしてこめかみを押さえていると、玄関のチャイムが鳴る。続いて外から鍵を開ける音がした。

「カナ！　起きてるか？」

法隆の声が廊下から聞こえてくる。どうやら、いつまでたっても奏多が起こしに来ないので、様子を見に来たらしい。

リビングのドアが開き、なかへ入ってこようとした法隆の足が、ぴたりと止まった。

「……飛嶋。なんでおまえがここにいる」

法隆は飛嶋の姿を見るなり、眉間《みけん》に深くしわを刻む。

「ここに泊まったからだが」

「泊まった……？　どういうことだ」

「おまえに説明しなければならない理由はないだろう」

「飛嶋……っ」

なにやら雲行きが怪しくなってきたので、奏多はふたりの間に割り込んだ。

「ごめん法隆、寝過ごした」

理由は一目瞭然《いちもくりょうぜん》だろう。テーブルの上や周辺には、ビールの空き缶がいくつも転がっている。

「すぐに朝ごはんを作るから、上に行こう」

とりあえず朝食の支度をして、出勤前にシャワーを浴びに戻ればいい。

食材が揃っている法隆の部屋を指さすと、法隆は不機嫌な顔のまま頷いた。

上階に上がるエレベーターに一緒に乗り込んだ飛嶋に、法隆が低く唸《うな》る。

「おまえも来るのか」

「いいじゃないか。久しぶりに奏多の手料理を食べたいんだよ」

「時間がないから、そんなにこったものは作れないぞ」

トーストとハムエッグ。ドレッシングであえただけのトマトとレタスのサラダに、熱いコーヒー。

三人は揃って食卓についた。

法隆と奏多は普段どおり向かい合わせの席で。飛嶋は奏多の隣に。お世辞にも和《なご》やかとは言えない雰囲気の中で、飛嶋だけが朗《ほが》らかな顔をしている。

「奏多、ドレッシング取って」

手近にあった市販のドレッシングの瓶をさし出すと、飛嶋は瓶ではなく奏多の手首をつかんだ。

「飛嶋っ」

「すまない。間違えた」

「飛嶋！　おまえ、いいからさっさと食って帰れよ」

「おや、法隆はご機嫌斜めだね。なにをそんなにイラついてるんだ？」

「……べつに」

法隆と飛嶋が揃うといつもこうだった。

飛嶋はやたらと奏多を構おうとするし、法隆はそれをいちいち邪魔する。飛嶋は邪魔をした法隆をからかい、法隆はますます不機嫌になる。その繰り返しだ。

普段はあまり物事に動じない法隆だが、どうも飛嶋が相手だとペースが狂うらしい。

仲がいいのか悪いのか、とにかく間に挟《はさ》まれる奏多はいい迷惑だった。

「ごめん、法隆。オレが寝坊したから」

「いや。べつに奏多にイラついてるわけじゃない」

そう言いながらも法隆は、ずっと不機嫌そうな顔のままだ。

表面には出さないようにしていたが、奏多は困っていた。

法隆への独占欲を自覚したせいで、いままでと同じ態度でいられない。もしも変なそぶりを見せて、この気持ちに気づかれてしまったらと思うと、緊張してしまうのだ。

「あの、法隆、コーヒーのおかわりは？」

「貰《もら》う」

法隆のマグカップにコーヒーをそそぐ間も、まともに顔が見られないでいる。

トーストをかじっている飛嶋にも訊《たず》ねようと、サーバーごと身体の向きを横に変えたとき、飛嶋がいきなりとんでもないことを言いだした。

「そういえば法隆、新しい恋人は美人モデルなんだって？」

「飛嶋っ」

いまこの場でその話題を持ち出すことはないだろうと奏多は慌てる。

法隆は飛嶋をじろりと睨《にら》んだ。

「おまえには関係ないだろう」

「まあ、そう関係ない話でもないんだよ」

「……どういうことだ」

「俺にとっても喜ばしいってことだ。法隆が美人モデルと落ち着いてくれれば、奏多は、少なくともおまえの私的な世話係からは解放される。安心して自分の恋に集中できるようになるわけだ。奏多も嬉《うれ》しいだろう？」

「オレは……っ」

「そうなのか、カナ？」

法隆から射《い》るような鋭いまなざしを向けられて、奏多は戸惑った。

なぜ飛嶋は余計なことを言うのだろう。

法隆がじっと答えを待っているのに、この場に適切な言葉がひとつも浮かんでこない。

普段の奏多なら、企画の打ち合わせや契約の交渉時に、話の流れをこちらに有利になるように仕向けることすら容易《たやす》くやってのけるのに。

「訊くなよ法隆。本人の前で『もう面倒をみなくてもよくなって清々《せいせい》した』なんて言えるわけないだろう」

戸惑う奏多を置いたまま、飛嶋は勝手に話を進めていく。

さすがにこれ以上はやめてほしくて話を遮ると、飛嶋は黙ってコーヒーを飲み干した。

「飛嶋！」

「……法隆、飛嶋の言うことなんか気にしなくていいからな」

本当は自分のほうが気にしているのに、奏多はそれだけ言うと席を立つ。使った皿とマグカップを持ってキッチンに向かい、シンクに下ろしていると、法隆が追いかけてきた。

いまの話の続きをするつもりなのだろうか。

「カナ」

「ごめん。オレが飛嶋にヒロヤのことを教えた」

「カナが？」

どうしてだと目線で問われ、奏多はなるべく真実に近い答えを探した。

「……なにかあったかと聞かれたから」

法隆とヒロヤのことをずっと気にしていて、様子がおかしいのを指摘されたのがきっかけだったとは言えない。

まっすぐに見つめられると居心地が悪く、法隆から顔を背けると、法隆はいきなり接近してきた。奏多はキッチンの隅へと追い詰められる。

「……法隆？」

「飛嶋とよく会ってるのか？」

「それは……たまに誘われて食事に行くけど」

「俺は聞いてない」

法隆は真面目な顔をして、子供のような不満をこぼす。

「いちいち報告することでもないだろ」

「あいつはカナのことが好きなんだぞ。狙われているとわかってて誘いにのってるのか。無防備にもほどがある」

呆れたような口調で言われて、奏多も意地になった。

「告白はちゃんと断ったし、飛嶋は友達だ」

「カナはお人好《ひとよ》しだから、そこをつけ込まれやしないか心配だと言ってるんだ」

「……心配？　オレが？」

「当たり前だろう」

それを聞いて、奏多の胸に、カッと熱い感情がわき起こった。

自分はちゃっかりと新しい恋人を捕まえているくせに、法隆がそれを言うのか。

強気でおされるとほだされやすいのは法隆のほうだ。仕事に関してはいっさいの妥協を許さないのに、私的なこととなると、みょうに脇が甘かったりする。

「オレはこれでも三十路前のいい大人だぞ。小娘が相手のような心配をするな」

「カナ……」

苛立ちまかせにあたってしまって、すぐに後悔したが、もう遅い。

気まずい空気は、事務所に出勤してきたスタッフから、鍵が開いていないので入れないという戸惑いの電話が入るまで続いた。

法隆との関係がぎくしゃくし始めて、数日が過ぎた。

「奏多さん」

名前を呼ばれて、奏多はいまが仕事中だということを思い出す。

「ごめん、ぼんやりしてた。なに？」

「東西《とうざい》出版からお電話です。今日の打ち合わせですが、予定通りで大丈夫か確認したいとのことですが」

「あ……」

今日は予定が立て込んでいて、都合がつき次第、先方に連絡をする約束だったのを忘れていた。法隆がいままでに手がけた作品をまとめて写真集にする企画が進行中で、その大事な打ち合わせなのに、いったいなにをやっているのだろう。

通話を代わった奏多は、これからすぐに出版社に向かう旨《むね》を告げた。

個人的な感情を仕事に持ち込み、おろそかにしている。近頃の情けない様は、自分でも許しがたい。

奏多は気持ちを入れ替えるつもりで、両頬を手のひらで叩くと、必要な書類をまとめてケースに入れて席を離れた。

「出版社に行ってくる。戻りは未定なので、なにかあれば法隆に」

「はい」

「行ってらっしゃい」

スタッフに声をかけ、作業室を出る。

法隆にも外出する旨を伝えていこうと姿を探すと、ミーティングルームにいるのを見つけた。

声をかけようと近づいた奏多の足が、ふと止まる。法隆は電話をしていた。

「……今日は無理だな。明日なら……ワガママ言うなよ、ヒロヤ」

相手はヒロヤだ。奏多の胸に、独占欲からくる嫉妬がわき起こる。

「……ああ、楽しみにしている。じゃあ」

話が終わりそうな気配に、奏多は慌ててその場を離れた。

エレベーターでビルのエントランスまで下りても、まだイライラがおさまらない。

「……オレが作ってやった料理でここまで育ったって、見捨てるなって言ったくせに。勝手なヤツだな」

奏多は自分が法隆になにを望んでいるのかわからなくなっていた。

ヒロヤと別れてしまえばいいと思う半面、それで法隆が悲しむのならば、応援してあげたいとも思ってしまう。

矛盾しているけれど、どちらも本音。

近頃の奏多は、法隆への感情を持て余し気味だった。

ビルから通りに出ると、奏多は立ち止まって携帯電話を取りだした。

いつの間にか届いていたメールに気づき、ざっと目を通したあと、返信するのが面倒で電話をかける。

飛嶋にはすぐにつながった。

『奏多、許してくれる気になったか？』

「しつこいぞ。何度もメールをしてくるな」

法隆と飛嶋と、三人で朝食を食べたあのとき、飛嶋はヒロヤの話題で法隆を挑発し、わざとその場の空気をかき乱した。

おかげで法隆は不機嫌になるし、そのあとの気まずさは、いまだに尾を引いている。

なにが目的だったのかはわからないが、やりかたが気に入らなくて飛嶋からの連絡を無視していると、謝罪のメールが頻繁《ひんぱん》に届くようになっていた。

『お詫びに食事をごちそうしたいんだが、明日の夜はどうだ？』

「……本当に懲りないな、おまえは」

そんな飛嶋だから、いまでも友達として奏多の傍にいられるのだろう。

奏多は疲れた気分でため息をついた。

『なにが食べたい？　店は奏多が選んでかまわないぞ』

明日、法隆はヒロヤと会うらしい。

ひとりで気に病むくらいなら、誰かと美味しいものでも食べるほうがいい気晴らしになるだろう。

「……希望は特にない」

『それなら俺が決めてもかまわないか？　詳しいことは、待ち合わせの場所と一緒に、あとでメールしておく』

「わかった。じゃあ」

『ああ、また明日の夜に』

結局は飛嶋を許し、また甘えてしまった。

奏多は携帯電話をポケットに戻すと、深呼吸で気持ちを切り替え、仕事に戻るために歩き始めた。

翌日の夜。奏多は飛嶋がメールで指定してきたカフェにいた。

出先から直行する予定で、多少遅れるかもしれないから、コーヒーでも飲みながら待っていてほしいと言われたのだ。

忙しいところを無理して誘いを受けてくれたのだろう。気を遣わせてしまって悪かったと思う。

けれどひとりでいたら、また法隆とヒロヤのことばかり考えてしまいそうだったのだ。

飛嶋の好意を利用している自覚はある。それを許されていることに甘えているのも。

もういい大人なのに、法隆のこととなると感情がすぐに乱れる自分が情けない。

奏多はため息をつくと、椅子に置いていた鞄《かばん》からモバイルを取り出した。飛嶋が来るまでの空いた時間に、届いたメールのチェックをして、必要なものには返信を書いていく。

いつの間にか作業に没頭していると、いきなり手元が暗くなった。飛嶋が到着したのだろうと思って顔を上げ、驚きに目を見張る。

奏多の顔を覗き込むようにして立っていたのは、まさかのヒロヤだった。

「やっぱり暮郷さんだ。そこを歩いていたら姿を見かけたので」

ヒロヤは店の前の舗道を指さした。

「誰かと待ち合わせですか？」

「ああ」

「オレもこれから法隆さんとデートなんです。でもまだ時間があるので、よかったら、ここに座っていいですか？」

テーブルの向かいの席に手を置くヒロヤを、無下《むげ》に断る理由もないので、

「どうぞ」

奏多は頷いた。そしてまたモバイルに視線を落とす。

「暮郷さん、オレも『奏多さん』と呼んでもいいですか？」

「……お好きにどうぞ」

いつからか事務所のスタッフも、みんなそう呼ぶ。

そして法隆だけが、奏多のことを『カナ』と呼ぶ。

「奏多さんは、法隆さんとつき合いが長いそうですね」

相手をするのが面倒なのでモバイルから目を離さないのに、ヒロヤは構わず話しかけてくる。そういう性格なのか、それとも気づいていてわざとなのか。

「幼なじみだ。法隆から聞いているだろう」

「ええ。すごく世話になってるって言ってました。奏多さんがいなかったら、きっといまの自分はないだろうとも」

それは奏多も同じだ。法隆がいなければ、現在の自分は存在しない。

「法隆さんて、とても情熱的ですよね。最初はクールで冷たい人って印象だったのに、じつはとても優しいし。そのうえ体温が高いから、一緒に寝てるといつも……」

惚気《のろけ》のような言葉をそれ以上は聞きたくなくて、奏多は音を立ててモバイルを閉じた。

かまうつもりはないのに、まっすぐにヒロヤを見つめ返す。

「だから？　なにが言いたいんだ」

「みんなで幸せになりましょうってことです。奏多さん、恋人ができたって聞きましたよ」

「は？」

どこから出た話なのだろう、それは。

「オレ、いつかはあなたのような存在になりたいんです。法隆さんにとってかけがえのない、唯一無二《ゆいいつむに》の存在に。だから奏多さんは、恋人と幸せになってくださいね」

ヒロヤは尖《とが》った爪を隠しながら、にっこりと笑う。

奏多は初めて、目の前にいるヒロヤを嫌いだと思った。その思いを刃《やいば》にして相手に叩きつけてやりたいけれど、大人としてのプライドで我慢する。

ヒロヤに嫉妬しているなどと、絶対に知られたくない。それは誰よりも法隆と一緒に歩いてきた自分の意地でもあった。

店の入り口に、背の高い人影が現れる。

「待ち人が来たみたいですね」

飛嶋はこちらに気づいて、ほんの少し驚いたような顔をしていた。

「それじゃあ奏多さん。ヒマつぶしにつき合ってくださってありがとうございました」

「いや、礼には及ばないよ」

それだけ答えると、奏多は席を離れる。

素早く清算をすませて、飛嶋と一緒に店を出た。

「奏多、顔が無表情になってるぞ。まあそれでも美人に変わりはないが」

「飛嶋……」

明るくからかわれても、いまは笑える気分ではない。

「待たせて悪かったな。それで、あれがそうなのか？」

飛嶋がちらりと店のほうを振り返った。

「え？」

「ヒロヤだろ。また随分と派手で気の強そうなやつだな」

どうしてわかったのかと目で問うと、飛嶋は意味深な笑みを浮かべた。

「だから、奏多を見ていればわかるって。しかし、ああいうのが法隆の好みなのか。意外だったな。

奏多と正反対じゃないか」

「正反対……」

その一言で、奏多の気分は急激に下降していく。

連れていかれた創作料理の店で、奏多はいつになく早いペースで酒のグラスを空けた。

それでも物足りなくて、二件目に行ったバーでもグラスを重ね、そして限界を超えてしまい、終いには酔いつぶれてしまった。

奏多は、またしても頭痛で目覚めた。

もう当分アルコールは飲まないと心に決めながら、腫《は》れぼったく感じる目を開ける。

時刻を確認しようと向けた視線の先には、あるはずの目覚まし時計がなかった。

「……あれ？」

しかも普段と様子がどこか違う。

よくよく周囲を見回せば、そこは見覚えのない部屋で、奏多はベッドの上にいた。

ベッドは木の風合《ふうあ》いが美しいすっきりとしたフォルムで、両脇にあるサイドテーブルとひと揃いになっている。

ファブリックは濃いグリーンで統一され、白い壁と、ダークブラウンの床板にアクセントを添えていた。

ホテルの一室かとも思ったが、ちゃんと生活感がある。

デザイン事務所の経営者として、つい空間のレイアウトや色合いをチェックしていた奏多は、とにかくベッドから下りようと毛布を押しのけたところで愕然《がくぜん》とした。

「なんで裸なんだよ!?」

奏多は下着すら身につけていない姿で毛布に包まっていた。

いったいなにがどうなって全裸なのか、慌てた奏多は昨夜の出来事を思いだそうとした。

たしか飛嶋と創作料理の美味しい店で食事をして、それからバーへ行ったのだ。

かなり飲んだような気もするが、途中からの記憶がない。

「そうだ、飛嶋は……?」

注意深くあたりを窺ってみたけれど、近くに人がいる気配はしない。

もしかしてこの趣味のいい部屋は、飛嶋のものなのだろうか。ベッドも壁際のチェストも、彼の父親が経営する会社で扱っている北欧の品なのかもしれない。

しばらく待っていると、奏多の想像どおりに飛嶋がドアを開けて部屋に入ってきた。

「奏多、目が覚めたか」

黒いVネックのカットソーを着て、タイトなカーゴパンツをはいた飛嶋は、持っていたミネラルウォーターのペットボトルを奏多にさし出した。

「喉が渇《かわ》いているだろう」

「ありがとう。あの、オレ……」

「昨夜のことは覚えてるか？」

訊かれて、奏多は首を横に振った。

さっきも昨夜の記憶を探ってみたが、途中から曖昧《あいまい》になって途切れている。たしか飛嶋が注文したカクテルの色がとても綺麗に見えて、自分も飲んでみたくなって……。

「カクテルを飲んだら……」

「奏多の頭がふらふらと揺れ始めたから、とりあえず俺の部屋に連れて帰った」

「……どうして飛嶋の部屋に？」

「ここのほうが店から近かったし、奏多もそれでいいと言ったからな」

「オレが？」

「ああ。もうふらふらのくせに、まだ飲むと言い張って」

「……それから？」

「それから……」

飛嶋は意味ありげな視線を向けてきた。

「本当になにも覚えてないのか？」

「なにもって、なんだよ!?」

自分はなにか、とんでもないことをしてしまったのだろうか。

「そうだな、奏多は酔いが回って、横になったらすぐに眠ってしまった。裸なのは、夜中に暑がって脱いだからだよ」

そう言って飛嶋はニヤリと笑った。

それにしては、ベッドの上にも周辺にも、どこにも脱ぎ散らかした服が落ちていない。

身体のどこも痛まないし、キスマークらしきものも残っていない。

情交《じょうこう》の名残《なごり》のような感覚はないのだが、奏多は女性相手の経験しかないので、絶対とは断言できない。

「飛嶋……本当のことを教えろ」

「なにも覚えてないなら、それでいいじゃないか」

飛嶋はなぜか、やたらと笑っている。

「よくないだろっ」

「どうせ遅刻だから、今日は仕事を休んでゆっくりしないか」

「えっ」

「ここで、ふたりきりで」

素早い動きで飛嶋が奏多の上にのしかかってきた。その動きに合わせて、ベッドがギシッと音を立てる。

「飛嶋……っ」

ゆっくりと近づいてくる飛嶋の顔を、奏多は懸命に見上げた。

「ちょっと、待って……」

「もう充分に待った。まだ足りないか？」

奏多のマンションに泊まったあの夜と同じ、真摯《しんし》なまなざしが奏多から抵抗する力を奪っていく。

自分はこんなに流されやすい男だっただろうか。それとも本心では、流されてもいいと思っているのだろうか。

毛布を一枚巻きつけただけの無防備な姿が心許《こころもと》なくて、奏多は必死に飛嶋を見上げる。

「奏多…っ」

こんなにも自分を欲してくれる飛嶋を、受け入れる勇気もないのに拒めずにいると、ふいにどこからかチャイムの音が聞こえてきた。それはいたずらのように何度も連打されて、いつまでも鳴り続ける。

飛嶋は小さく舌打ちすると、しぶしぶと身体を起こした。

「あいつ、嗅《か》ぎつけたか」

「えっ？」

そしてベッドを下りて、寝室を出ていく。

もしも来客なら、自分がこの状態でここにいてもいいのか迷ったが、服がないことにはどうにもならない。

耳を澄ませて寝室の外の様子を窺っていると、大きな足音が近づいてきた。そして荒っぽくドアが開かれる。

「カナ！」

「……法隆」

いきなり法隆が現れて奏多は驚いた。

法隆は奏多を見つけるなり、どこか苦しいように、ぐっと顔をしかめる。

その表情に向かってとっさに手をのばすが、自分が全裸であることを思い出した奏多は、慌てて毛布で身体を隠した。

「迎えに来た。一緒に帰るぞ」

法隆は早い足取りで部屋を横切り、ベッドの横まで来ると、包まった毛布ごと奏多を腕に抱き上げる。

「えっ、おい法隆……っ」

法隆のあとから戻ってきた飛嶋が、呆《あき》れたような声を出した。

「あのなあ法隆、この状況、ちゃんと理解してる？　おまえが奏多に踏み込まれた現場の逆パターンなんだがな」

飛嶋の問いかけを無視して寝室を出ようとした法隆が、ふと足を止めた。

「カナの服は？」

「え？　あ……わからない」

「返さないって言ったら？」

からかうような調子で答えた飛嶋を、法隆はじろりと睨み、

「なら、毛布ごと貰っていく」

今度こそ迷いのない足取りで歩きだした。

「法隆っ」

「カナは俺のものだ。だから連れて帰る」

法隆がなにを考えているのかわからなくて、奏多は混乱する。

「それ、どういう意味？」

「言葉どおりだ。なにか問題があるか？」

「大ありだろ。ヒロヤはどうした」

「ヒロヤとは別れた」

「え……？」

その一言で、奏多はいっさいの抵抗を封じられた。


マンションの駐車場で、再び法隆に抱き上げられ、奏多は法隆の寝室まで運ばれた。

またベッドに下ろされるが、これでは冷静に話もできない。

「なんでここなんだよ。自分の部屋へ帰る」

そうすれば着替えもできるし、ひとまず気持ちを落ち着けることができる。

それなのに床へ脚を下ろそうとしたら、法隆に邪魔《じゃま》された。

「だめだ」

しかも法隆もベッドに乗ると、奏多におおいかぶさってくる。

「ちょっ……法隆!?　なにをっ……」

奏多は戸惑った。

「飛嶋がおまえにしたことの上書きをするだけだ。いいから大人しくしていろ」

「上書きって……バカっ」

奏多は法隆の頭に拳骨《げんこつ》を振り下ろした。

さすがに痛かったらしく、法隆は殴られた個所に手を当てて丸くなる。

「い…たた……っ。カナ、本気でやったな」

「それくらいしないとわからないだろ。なんだよ法隆。おまえ、なにを考えてるの」

「飛嶋から奏多を取り戻す」

「べつに、飛嶋とはそんな関係じゃない」

「ベッドにいただろうが、裸で！」

法隆は、奏多と飛嶋には身体の関係があるのだと信じているようだ。

「でも違う！　……と思う」

否定はしたが、昨夜の記憶がない奏多は、はっきりと言えるほど自信がない。

「飛嶋にやられたんじゃないのか？」

法隆は窺うような眼をして奏多に答えを求める。

「それが……」

「それが？」

「酔ってたから、昨夜のことは途中から覚えてなくて……」

法隆は真顔でしばらく考えると、いきなり奏多の身体を包む毛布のなかに手を入れてきた。そして容赦なく下肢《かし》の奥に指を這《は》わせてくる。

「法隆っ!?　どこを触って……っ」

奏多は逃げるように身を捩《よじ》ったが、尻の狭間《はざま》に隠れた部分を執拗に指先でつつかれる。

「よかった……。未遂だったか」

法隆は、ほっと安堵《あんど》したように深々と息を吐いた。

「えっ……？」

「ここは誰にも触れられてないってことだ」

固く閉じて、指先すら含めないそこを、法隆の指の腹が優しく撫でる。

「……触ればわかるのか」

「当然だろ」

飛嶋とはなにもなかったと証明されて、奏多はほっとした。けれどもそんなことがわかってしまう法隆の過去の経験に苛立《いらだ》ちを覚え、強く胸を押し返す。

「いつまで触ってるんだ、このバカっ」

「なあ、カナ」

「なに？」

「誰にも触られてなかったのに、いま俺が触ったから、もう俺のものでいいよな」

「は？」

「カナをまるごと貰ってもいいよな」

「どんな理屈だよ、それ。しかも……いままでそんなこと、言ったことないだろう」

「確かにそうだが、でも俺にとってカナは、ずっと特別な存在だった。他に恋人ができても、恋人よりカナのほうが大事なのがあたりまえで、それはカナが俺の家族だから特別なのだと思っていたが、理由はそれだけじゃなかった。ようやくわかった」

「なにがわかったんだよ」

「家族への愛情だけでは、こんなに強い独占欲を抱いたりしない。カナが飛嶋のものになると考えただけで、嫉妬で腹のなかが妬《や》けそうだった。カナは俺のものなのに、奪われてたまるか……ってな」

告白を聞いて、奏多は驚いた。

法隆も同じことを感じていたのだ。

「家族もいいけど、俺は恋人がいい。カナがほしい。心も身体も、人生も、なにもかもまるごとほしい」

「法隆……」

「だから全部俺にくれ。腕のなかに抱いて、ずっと大事にするから」

誰よりも長い時間を一緒に過ごした相手に、ずっと恋をしていた。今さら自覚するなんて、なんてバカバカしくて、それでも愛おしい。

奏多はほんの少し、法隆のほうへと身体を寄せてみた。

「いいよ。オレにも法隆をくれるなら、あげてもいい」

そう答えると、法隆は嬉しそうに奏多を腕のなかへと抱き寄せる。

「ああ、いくらでも。おまえの好きにしろ。どうせ俺は、マンションの廊下で声をかけられたあの日から、まるごとカナのものだ」

あの日、少年にかけた小さな情けが、時間とともに育って現在へと実を結ぶ。近くにいすぎて見えなくなっていたけれど、想いの実は、いつの間にかこんなにも熟していた。

法隆の広い胸に頬を寄せ、うっとりとしていた奏多は、包まっている毛布をいきなり開かれて慌てた。

「なにっ？」

「なにって、決まってるだろ」

息が触れるほど近くまで顔を寄せられ、うしろへ逃げたつもりがバランスをくずし、背中からシーツの上に転がる。その隙に器用にはぎ取られた毛布は、丸めてベッドの下へ落とされた。

「法隆っ」

カーテンが開いている昼間の寝室は明るくて、奏多のすべてが法隆の目の前にさらされる。

いままでは、法隆の前で服を脱いで着替えるのも平気だったのに、いまはひたすら恥ずかしかった。

素肌を隠そうとした腕を捕らわれて、容赦のない視線が落ちてくる。

「あいつが脱がせたんだよな」

「……たぶん」

奏多は自分で脱いだ記憶がないので、きっとそうなのだろう。

「本当に脱がせただけだろうな」

「未遂だって、さっき法隆が」

「最後までやってなくても、触るくらいはしたかもしれないだろ」

法隆の手のひらが、奏多の胸から腹を撫で下ろした。その肌の感触を確かめるように、何度も。

「法隆っ」

「俺のものなのに」

そして耐えかねたように、強引に唇をふさがれた。最初から荒っぽいキスだった。

「ん……っ」

奏多にとってのキスとは、自分がリードするものだったのに、法隆にいいように翻弄《ほんろう》される。

受け身の立場では、いままでの経験など役に立たず、誘われて舌を絡めているうちに、腰のあたりが熱っぽくなってきた。

いつの間にか法隆も服を脱いでいて、硬く育ってきたものが法隆の太股や腹に触れる。

隠しようのない欲望に気づかれないわけがなくて、奏多は恥ずかしさに震えた。

首筋に唇を這わせ、柔らかな二の腕を食みながら細い腰を撫で回していた法隆が、くすりと笑う。

「なに？」

「いや、ちゃんと感じてくれてるんだなと思って」

「言うなよっ」

奏多は羞恥《しゅうち》に頬を染めた。

「なんで？　俺は舞い上がりそうなほど嬉しいけど」

「だって……今更だろ。あれだけずっと一緒にいて、しかも、もういい歳なのに、恥ずかしいなんて……」

熱い手のひらに身体を触られて恥ずかしい。

感じている様を見られるのも、それが法隆だから余計に、逃げ出したくなるほど恥ずかしい。

身を隠す場所などどこにもないのに、それでも顔を背けて小さくなろうとする奏多の耳元に、法隆の唇がささやいた。

「恥じらうカナは、可愛くてたまらない」

「……なんだよ、それ」

「ぞくぞくする。もっと見せてくれって言ったら、怒るか？」

奏多を見下ろす法隆の目は本気で、怒らないと答えれば、本当にもっと恥ずかしがらされそうだ。

「……ヒロヤみたいに若くて新鮮なやつじゃなくて、古女房みたいなオレが相手でも、そう思うか？」

自分で名前を出しておきながら、このベッドで法隆と抱き合ったことがあるヒロヤに強烈な嫉妬を覚えた。

こんなことなら、法隆の男の恋人の存在など知らないままでいればよかった。けれど知らないままだったら、自分のなかにある独占欲には気づかないまま、こうして抱き合う仲にもなれなかったかもしれない。

ジレンマに陥《おちい》る奏多の髪を、法隆の手がくしゃりと撫でた。

「古女房のカナが恥ずかしがるからいいんだろ。おまえはわかってないね」

そして奏多の膝を立てさせると、大きく左右に開かせる。

「法隆っ」

法隆は奏多の身体の隅々に、自分の存在を教え込むみたいに丹念に触れてきた。

すっかり勃ちあがっていたものを口に含まれたときも、顔を隠しながら懸命に耐えたけれど、後ろを濡らすように舌を這わされたときには、さすがに腰から逃げてしまった。

「ここ、触られるのは嫌か？」

「触って……ない…だろ」

舐《な》められるのは嫌だと答える。

法隆は奏多のこめかみにキスをしながら、

「じゃあ、指だけ」

再び下肢の奥に指で触れた。

法隆は熱心に奏多の後ろを慣らし続け、開かせていく。

そうしてどのくらいの時間がたったのか、ようやくそこが柔らかくほころんだころには、奏多はぐったりとしていた。

ずるりと抜けた指の代わりに、熱くて硬い感触をあてがわれても、ただ熱いとしか感じない。

「カナ」

啄《ついば》むキスに応えているうちに、指よりもっと大きなものに開かれる痛みに奏多は呻《うめ》いた。

「あっ、ああ……っ」

最初の衝撃が過ぎて、何度か揺すられる間に、奏多は法隆のすべてを受け入れる。

ほっと息をついた法隆が、奏多の頬に触れながらささやいた。

「……痛むか？」

奏多は一度頷いて、

「でも……大丈夫」

首を横に振った。

最初に感じた痛みはましになっていて、いまはなかにある存在感に驚いている。

「悪いな、カナ」

「……なに？」

「どうも、一度じゃ終われそうにない」

「なにを言って……っ、あっ！」

法隆の腰の揺れに合わせて、奏多の喉から甘い声が漏れた。

「やっ、あ、待っ……てっ」

次第に深いところを強く突き上げられ、必死で法隆にしがみつきながら、奏多はあっという間に高みへと上りつめていた。

それほど違わずに法隆もなかで極めたのを感じたが、勢いは少しも衰えない。

一度熱を吐き出したくらいでは終われない。

再び高まる熱さに身を委ねながら、ふたりは今更ながらに、互いの想いを確かめ合ったのだった。


それから数日後のこと。

奏多と法隆は、テレビ用のコマーシャルフィルムの撮影に立ち会うために、とある撮影スタジオを訪れていた。

好評発売中の携帯電話のコマーシャル第二作目で、前作から続く物語仕立てになっているらしい。

広いスタジオのなかにはファンタジー風のセットが組まれ、イメージモデルとして起用されているヒロヤが、設定されたキャラクターをうまく演じていた。

撮影は順調に進み、予定どおりに続けて三作目の制作に入ることになる。

その前にヒロヤの衣装替えを兼ねて休憩をはさむことになり、緊張感のあったスタジオ内の空気がいっきに和らいだ。

「俺たちはここで失礼しよう」

奏多たちは次の仕事の打ち合わせがあるので、撮影の再開を待たずにひきあげることにした。

携帯電話そのもののデザインと、広告に関する基本のイメージは法隆の発案だが、実際の作業は広告代理店の担当者に任せてある。

撮影に入る前に貰ったコンテでも確認してあるし、現場でも問題はないと判断したので、ここでの仕事はひとまず終わったと考えてよかった。

代理店の担当者に挨拶をしてから帰ろうと、スタッフが集まって休憩しているあたりを覗いてみたが、担当者の姿が見あたらない。

スタジオ内を闇雲《やみくも》に探すより、呼び出してもらった方が早いだろうかと考えながら、とりあえず歩いていると、

「奏多さん！」

背後からいきなり呼び止められる。振り返ると、そこにいたのはヒロヤだった。担当者を探しているうちに、ヒロヤの控え室の傍まで来ていたらしい。

撮影用のメイクを施《ほどこ》したヒロヤは、また印象が違っていて、精悍《せいかん》で凜々《りり》しい青年のように見えた。

「お疲れ様」

奏多は微妙な気持ちを胸に隠し、どの仕事相手にもそうするように笑いかける。

するとヒロヤは、あからさまに悔しそうな表情を浮かべた。

「あなたは……相変わらず余裕たっぷりの顔をしてますね」

「そうかな」

そんなことはない。ただヒロヤには本心を悟られまいと、意地を張っているだけだ。

「そうですよ。でも、オレに勝ったと思わないでくださいね」

「は？」

「オレから別れたんです。もういりませんからね、あなたにお返ししますよ」

「……ヒロヤ」

法隆は別れたと言っていたが、詳しい経緯までは聞いていない。

「法隆の唯一無二の存在になるんじゃなかったのか？」

「もういいです。あんなに情けない人だと思いませんでした」

「情けない？　法隆が？」

「ええ。あなたに恋人ができてからのあの人は、まるで別人のようでした。あなたが外泊しただけで、みっともないほどそわそわして。オレといるのに、ちっともこっちを見やしない。だから、オレから振ってやったんです」

つんと顎をそらしながら、ヒロヤは、だから自分が奏多に負けたわけではないのだと言った。

それはヒロヤの負け惜しみだとわかる。

そしてそれを悟られるのを承知で、あえて奏多に伝えようとしているのだと。

飛嶋の部屋から連れ戻された、あの日。

陽が暮れて、西の空が茜色に染まるころ。

法隆の腕からようやく解放され、飛嶋に電話をかけたときのことを思い出した。

『飛嶋……本当にごめん』

『いいよ。こうなることは、なんとなくわかってたからね』

謝る奏多に飛嶋はそう言ってくれたけれど、自分の気持ちがふらふらと揺れていたせいで、傷つけてしまったことに変わりはない。

『よかったな、奏多』

『飛嶋……っ』

『俺も本気で奏多を狙っていたから、言うつもりはなかったんだが……法隆が誰とも長続きしなかった原因はおまえだって、気づいてたか？』

『えっ？』

『やっぱり気づいてなかったのか。まったくおまえたちは……』

飛嶋の少し呆れた口調が、それでも優しく聞こえる。

『法隆も自覚がなかったとはいえ、家に帰れば本命の相手と美味い食事が揃ってるんだ。去る者をしつこく追う必要はないよな。最初に餌付けした奏多のひとり勝ち。あいつは雛《ひな》の刷《す》り込みのまま育ったようなものだ』

『刷り込み……』

ということは、自分はあの夏の日に、ハンバーグで将来のパートナーを釣ったことになるのか。

『今回は非常に残念な結果に終わったが、仕方がない。法隆のことが嫌になったらいつでも俺に言えよ。俺は、まだ当分は奏多のことを諦められそうにないから』

「飛嶋……」

『またいつもの店に食事に行こう。友人として。それくらいはかまわないだろう？』

「……ありがとう」

今度こそ友情もだめになるかもしれないと覚悟もしたのに。

飛嶋の懐の深さに、しみじみと感謝した出来事だった。

「……おい、なにボンヤリしてるんだよ。オレの話、聞いてる？」

ヒロヤが不機嫌そうに眉を寄せ、それでも綺麗な顔を近づけてくる。

いつの間にか飛嶋とのことを思い出しているうちに、ヒロヤの話を聞き流していた。

言葉や内容は違うけれど、飛嶋とヒロヤが伝えようとしてくれたことは、同じような気がする。

「ヒロヤ」

「な、なんだよ」

「ありがとう」

本気で嫌いだと思ったこともあったけれど、いまここで呼び止めてくれた気持ちは、素直にありがたく受け取っておこう。

「なにそれ。勝者の余裕ってやつ？」

「あれ、ヒロヤはオレに負けたわけじゃないんだろう？」

「そうだけど……」

ヒロヤは言葉に困ると、

「あーっ！」

いきなり大きな声を出した。むしゃくしゃするのか髪に指を突っ込んでかき混ぜようとし、撮影用にセットしてあるのを思い出して慌ててやめる。

乱れた部分を手ぐしで直しながら、ヒロヤはため息をついた。

「……やっぱり、あんたには勝てない気がする」

「なに？」

「なんでもないよ。じゃあオレ、そろそろ撮影だから」

ヒロヤは頬を赤らめながら悔しそうに言うと、さっさと控え室に戻っていった。

生意気だと思っていたヒロヤの意外に可愛い部分を見て、また印象が変わる。

これからも仕事相手として関わる機会がありそうなだけに、嫌な印象のままにならなくてよかった。

奏多も人探しの続きに戻ろうと歩き出したところで、マナーモードにしていた携帯電話がポケットの中で震えた。

待ちくたびれた法隆からかと思えば、飛嶋からだ。

「はい。飛嶋？」

『奏多、いま話しても大丈夫か？』

「大丈夫だけど」

奏多は外に出ようと、歩いてきた廊下を引き返す。

『今夜、あいているなら食事に行かないか？』

「今夜？　どうだったかな……」

早足に正面のロビーまで戻ったところで、待っていた法隆がこちらに気づいた。

「誰だ？」

電話の相手を訊かれたので、正直に飛嶋からだと答えると、のびてきた手に携帯電話を取り上げられた。

「法隆！　まだ話の途中で……」

「あいつは相手にしなくていい」

法隆は勝手に通話を切ると、自分のジャケットに携帯電話を隠してしまう。

「返せよ」

「ダメだ」

頼んでも聞く耳を持たず、先にロビーを出ていくので、奏多は仕方なくあとを追った。

「じゃあ、法隆から断っておいて。今夜はあいてませんって」

「あいつ、また……。懲りないヤツだな」

法隆は、奏多を全裸にした飛嶋のことをいまだに許していないのだ。酔っていた奏多にも落ち度はあるのに、一方的に飛嶋を敵視している。

「まったく、電話くらいで妬くことはないのに」

気持ちを確かめ合って、変わったところ、変わらないところ。それぞれあるけれど、一番大切な根っこの部分は変わらない。

「カナ、腹が減ったな」

「ああ、昼食を食べ損ねたからな。打ち合わせまでそんなに時間がないから、ファーストフードにでも入るか？」

「いや、久しぶりにカナが作ったハンバーグが食いたい」

法隆が悪びれずに言う。

「おまえ、打ち合わせのあとは会食の予定だろう」

「食べる量は控えておく」

ということは、法隆の帰宅までに用意をして待っていろということか。

甘えるなと言いたいところだが、法隆にねだられるのが嫌ではないのだから始末に負えない。

「わかった。作っておくから、まっすぐにオレのところへ帰ってこいよ」

しぶしぶ了解すると、法隆は昔と変わらない笑顔を浮かべた。

不器用なプロポーズ

子供の頃からの付き合いで、家族同然だった男が、晴れて恋人になった。

長年こじらせていた感情は、紐解いてみればとてもシンプルで、あっけにとられるほど単純で、すとんと胸に収まるものだった。

いまさら手放すことを躊躇《ためら》ったのも、第三者に言わせれば、ただの独占欲の現れ。

自覚してしまえば、差しだされた手を取らない理由はなかった。

けれども、ふたりの関係が変わっても、取り巻く環境まで変わるわけではない。

朝がくれば夜になるし、一日は二十四時間のままだ。

四六時中、ふたりだけの世界で生きているわけではない。

抱えた仕事が消えてなくなるわけではないし、差し迫った納期が遥《はる》か彼方へ伸びるわけでもない。

いい大人で、れっきとした社会人なのだ。

恋愛にかまけて浮かれてばかりもいられない。

やるべきことも、忘れてはならないものもある。

そんなことは重々承知している。

お互いに初めての恋人というわけでもないし、それなりに経験も積んできた。

だからうまくやれるものだと思っていた。

そんな自分を、疑ってもいなかった。

「……ん……っ」

半ばまで開いていたカーテンの隙間《すきま》からさし込む光の眩《まぶし》さが、心地よい微睡《まどろ》みに浸っていた意識を引き戻す。

恋人である法隆秋仁《ほうりゅうあきひと》のベッドで目を覚ました暮郷奏多《くれさとかなた》は、サイドテーブルに置いたはずのスマートフォンを手繰りで探して電源を入れた。

液晶画面に浮かぶ数字は、アラームを設定した時刻よりも三十分ほど早い。

アラームが鳴るまでこのまま毛布に包《くる》まっていようか。それともせっかく早く目覚めたのだから、時間に余裕のある朝を過ごそうか。

どちらの誘惑も捨てがたいと迷っていると、そういえば一週間ほど前に、取引先の担当者から評判の店を紹介されて、干物の詰め合わせをお取り寄せしたのを思い出した。

このところなにかと忙しく、トーストと野菜ジュースか、テイクアウトのサンドウィッチで簡単にすませていたから、今日こそは法隆にしっかりとした朝ごはんを食べさせてあげたい。

込み上げたあくびをひとつすると、奏多はそっと身体を起こした。

その途中で、自分の腰をしっかりと抱いている腕を押し除けたが、腕の主が目覚める様子はない。

ときには力仕事もこなすたくましい腕は、力が抜ければ意外に重く、まるで離すまいとするように抱えて閉じ込められたら、窮屈《きゅうくつ》にも感じるほどだ。

こういう関係になって発見したことのひとつは、法隆は案外と甘えたがりで、行為が終わったあとも奏多を離そうとしないことだった。

ひとりで眠る気楽さに慣れていたので、始めのころはずっと恋人の肌の温もりに包まれていることに気恥ずかしさを感じていたけれど、いまではそれを上回る充足感で胸が満たされている。

起きているときは目力のある瞳と、すっきりと通った鼻筋と、少し厚めの唇には男の色気を漂わせて、悔しいくらいにいい男だが、目を閉じた寝顔はいつもより子供っぽく見える。

愛しさが胸に湧いてきて、頬にそっとキスをすると、奏多はベッドからフローリングの床へ足を下ろした。

清々しい朝の光を浴びながら、昨夜脱ぎ散らかした服を拾うときは、未だに疚《やま》しさを覚える。

なるべく意識をしないようにしながら身に着けると、静かに寝室を後にした。

一夜を共に過ごしても、朝になれば、同じマンションの五階にある自宅へ帰って身支度を整え、あ

らためて十階まで戻ってくる。そして法隆を起こして朝食を食べさせ、徒歩圏内にある事務所へと揃って出勤するのが、半年前からの新しい習慣だった。

ただの幼なじみだったころは、一緒に夕食を食べても、遅くなれば自室へ帰っていた。エレベーターで降りればすぐそこで、わざわざ泊まる必要もなかったので、これは恋人になってからの習慣だと言える。

想いを通わせ、晴れて恋人になった半年前は、これからどうなることかと不安もあったが、従来のペースを崩すことなく過ごせている自分に、奏多は満足していた。

元々距離が近かった幼なじみが恋人になったところで、劇的な変化は起こらないのだと、拍子抜けしたくらいだ。

一日の大半は仕事に忙殺されているため、その間は当然のように事務所の共同経営者として接するし、甘い空気を持ち込む暇もない。

当然だ。愛を叫びたいなら、やるべきことをこなしてからだというのが奏多の持論なのだ。

どんなに腰がだるくても、あらぬところにひりつくような違和感が残っていたとしても、仕事の前では些末《さまつ》な出来事なのだ。

支度を終えて上階に戻り、玄関を開けると、ちょうど洗面所から出てきた法隆と出くわした。どうやら奏多が自宅に帰っていた間に、シャワーを浴びていたらしい。

上半身は裸のまま、首にバスタオルをかけ、下はスウェットのボトムスをはいている。

「カナ」

濡れて肌にはりつく髪と、寝起きのかすれた声に、胸がドキッとしたが、なんだか悔しいので教えてやらない。

「おはよう。ちゃんと頭、拭けよ」

いい大人だとわかっているのに、ついひと言つけ加えてしまうのは、もう癖《くせ》だ。長年のうちに身についた習慣だ。

季節は初夏へと移り、濡れ髪で冷えるような気温ではなくなってきたが、体調管理を怠《おこた》っていい理由にはならない。それでなくとも法隆は、自分の体調を気にしないところがある。

共同経営している『法隆秋仁デザイン事務所』は、その名の通り法隆の創作活動が主力なので、法隆が立ち止まると全体の動きも止まってしまうのだ。

そのせいもあって、法隆の世話をやくことは、奏多にとっての最優先事項になっていた。

素直に髪を拭《ぬぐ》いだす法隆の横を通り過ぎようとした奏多だが、途中で肩を摑んで引き止められた。

「カナ」

法隆の顔には、あからさまなほど不満ですと大きく書いてある。

恋人らしい夜を過ごした翌朝は、わかりやすいほど上機嫌なのに、どうやら今朝は機嫌を損ねているらしい。

その理由に心当たりがある奏多は、小さくため息をついた。

「あとで聞くから、まずはごはんにしよう」

奏多は朝食の支度をするために、廊下を進んで突き当たりのドアを開けた。

この部屋の家具や、カーテンなどのファブリック類はすべて、好みや傾向がはっきりとしている法隆が自ら選んだもので揃っている。

だがキッチンだけは、奏多の管轄だとでも思っているのか、ほとんど立ち入ろうとしなかった。

丸投げされた意趣返しに、少しばかり値段の張るオーブンレンジを法隆の財布から買ってやったのだが、金額を知っても法隆はなにも文句を言わなかった。

スプーンの一本から奏多が用意し、いまでは住人よりも使い慣れてしまったキッチンに入って冷蔵庫を開ける。

今朝は時間に余裕があるので、和食にしようと決めていた。

「鮭塩焼と、鮭ハラスと、さば塩焼と、鯛の西京焼と、どれがいい？」

追ってきた法隆を振り向いて尋ねる。

「えっ？」

「だから、鮭塩焼と、鮭ハラスと、さば塩焼と、鯛の西京焼。どれを食べたい？」

お取り寄せした干物を取り出して、ずらりとカウンターに並べて見せる。

なんでも素材と製法にこだわり、塩のみで天日干しした魚を炭火で焼いて真空パックにした、それなりの値段のするものだった。

ちなみにこちらの代金は奏多の財布から出ている。

「あ……じゃあ、さば塩焼きを」

「了解」

奏多は他に必要な食材も取り出すと、エプロンをつけ、ワイシャツの袖をまくりあげた。

調理中に邪魔をすると碌《ろく》なことがないと経験から知っている法隆は、カウンターの椅子に座り、奏多が調理する動きをじっと眺めている。

子供の頃から変わらない、出来上がりが待ちきれないようなその様子に、奏多は自然と笑みが浮かんできた。

そうしていると、法隆が奏多の料理でここまで育ったと言っていたのも、まんざら大袈裟《おおげさ》ではない気がしてくる。

ふたりの仲を表す言葉は、幼なじみだったり親友だったり、仕事のパートナーだったり恋人だったりと、その時々で増えたり変わったりしてきた。けれども、どんな関係のときでも、こんな何気ないひとときを共有してきた。

その積み重ねが、いまへと繋《つな》がっている。

しみじみと実感しながら、手際よく動いている間に料理ができあがった。

「できたよ。運んで」

メニューは、さば塩焼きと、豆腐とわかめの味噌汁。海苔《のり》の入った卵焼きと、長芋の梅肉あえと、ほうれん草の胡麻あえ。

ほかほかに炊けた五穀米を茶碗によそい、玄米茶を淹《い》れる。

それほど手の込んだものではないが、朝食としてはこんなものだろう。

「うまそうだ」

テーブルについたふたりは、自然なしぐさで手を合わせた。

「いただきます」

食べ始めても特に会話はなく、ときおり食器がテーブルに触れる音がするだけの静かな食卓だったが、少しも気づまりではなく、穏やかな空気が流れる。

ゆっくりと食べ終えても、出勤時間まで余裕があるので、奏多はコーヒーを淹れることにした。

「法隆もいる？」

法隆は頷《うなず》き、おかわりした五穀米を漬物とともに食べて、静かに箸を置いた。

「なあ、カナ」

「うん？」

「同居の件、もう一度考えてくれ」

真剣なまなざしを向けられて、奏多は困ったなと思った。

じつは一週間ほど前から、同居の話を持ち掛けられているのだ。

下の階に借りている奏多の部屋をひきはらってここへ移るか、もっと広い物件を探して一緒に引っ越すか、どちらを選んでもいいと言われたのだが、奏多は両方とも断っていた。

理由はいろいろとある。

まとまった休みをとるのも難しい現状で、引っ越し作業が面倒だと思ったこと。

いまのマンションは通勤や生活面での立地が良く、また家賃も手ごろで、住人とのトラブルや問題もなく気にいっていること。

それならば法隆の部屋に移るのがよさそうだが、家族向けの物件であるにもかかわらず無駄に物が多いのと、どこまで仕事なのかわからないものを制作中の作業部屋などもあったりして、ふたりで暮らすには窮屈であること。

そんな諸事情を考慮してのお断りで、そのときは法隆が折れて、提案を取り下げてくれたのだが、少しも納得していないのはわかっていた。

「その話なら、当分はこのままってことになっただろ」

淹れたてのコーヒーをテーブルに置きながら言うと、法隆は不満そうな顔をした。

「だから、考え直してくれって言ってるんだ」

「前にも言ったけど、いまでも同居してるようなものだろ。なんだかんだと週の半分はこっちに泊まってるし。忙しいのに、わざわざ引っ越す理由はないと思うけど」

「理由ならある」

「なに？」

妙に力のこもった声で即答されて、奏多は無意識に身構えた。

本当に思い当たる理由はない。しいて言えば同居をすることで家賃の節約になることだろうか。法隆の部屋に泊まることが増えれば、当然のように奏多が自宅で過ごす時間が減る。留守がちな部屋の家賃を払い続けるのはもったいないと指摘されたら、反論できないところではある。

なにを言うつもりだと目で問いかけた奏多に、法隆は至極真面目な表情で答えた。

「カナが、朝にはいなくなってるからだ」

「えっ？」

そんなことが理由になるのかと、身構えていただけに奏多は啞然《あぜん》とした。

だがどうやら法隆は真剣らしい。

「一緒に寝ても、目が覚めたらいなくなってる。それが我慢できない」

確かにそのようなことを、恋人になりたての頃に言われた憶えがある。

そのときは、ただの睦言《むつごと》だと受け止めていたのだが、まだ根に持っていたのか。

「それじゃあ……下へ帰る前に起こせば問題ないよな」

目覚めの挨拶《あいさつ》をして、朝まで傍にいたと納得させたら、問題はクリアされると思ったのだが、

「違う、そういうことじゃない」

法隆に呆《あき》れたように首を横に振られてしまった。

「なんだよ、その、わかってないなって思ってそうな顔は。いなくなってるって言うけど、すぐに戻って来てるだろ」

職場もマンションも一緒で、毎日顔を合わせているというのに、ほんの少し離れるだけで不機嫌になられても困る。

奏多の困惑に気付いているのか、法隆はあからさまにため息をついた。

「ようやく想いを自覚して恋人になれたんだ。カナは、もっと俺の傍にいたいとは思わないのか？」

「……もっとって、これ以上？」

つい反射的に答えてしまった否定的なニュアンスに、法隆の表情が一瞬にして曇る。

真顔になった法隆は、取り繕うのをやめたのか、真っ直ぐな言葉を重ねてきた。

「俺は思ってる。目が覚めたら、俺の腕のなかにカナがいて、カナは安心した顔で眠ってる。そんな

毎日を当たり前にしたい。俺はカナにとってそういう場所になりたいからな」

伝わらなくてもどかしいと、苛立《いらだ》つ感情が見えるようだが、奏多は言われたその内容に軽く眩暈《めまい》を覚えていた。

「ちょっと待て。もっと傍にいたいって理由だけで、この忙しいときに引っ越しをしろって言ってるのか」

「立派な理由だろう。他になにが必要だ」

鋭い瞳に追い詰められて、奏多はどこから説得したらいいものかと頭を抱えた。

マンションの立地とか、忙しさとか、部屋の広さとか。それは確かに断る理由なのだが、奏多が頷かない本当の理由が、他にもある。

一生言わないと決めていることは別にして、これもできれば言いたくはなかったが、頑《かたく》なな法隆を説得するためには必要なのかもしれない。

奏多はすっと息を吐くと、感情的にならないように気をつけながら、淡々と先を続けた。

「あのな、よく考えてみろ。共同経営ってだけでも運命共同体なのに、そのうえ自宅まで一緒だなんて、怪《あや》しいと勘ぐられてもおかしくないんだぞ」

幼なじみで家族同然だからと見逃してもらえていた、ふたりの距離の近さに、ふと疑問を感じるきっかけを与えてしまうのではないだろうか。

そう考えると、どうしても頷けないのだ。

「そういう関係なのは事実だろ。いっそのこと公認にしてしまえばいい」

「バカっ、そんな公私混同ができるか。スタッフに余計な気を遣わせるだけだろ」

いたってシンプルな法隆の発言に、奏多は頭を悩ませた。

法隆の真っ直ぐな気性は好ましいが、こうなると途端に面倒くさくなる。

幼なじみを好きになっただけで、別に悪いことをしているわけではないと、法隆は開き直れても、奏多には無理だ。

私的なことだとはいえ、余人に広く知れ渡った場合、どんなふうに仕事に影響が出るかもわからないと思うと二の足を踏んでしまう。

いまや従業員を抱える身であり、海外ブランドの仕事も手掛けている。

自分たちの選択が多くの事柄に影響を及ぼす立場となったいま、開き直って簡単に決めていいわけがないのだ。

だがそれを法隆に納得させるのは、かなりの言葉と時間が必要だろう。

一度自分のなかで決めてしまったら、決してひるがえさない男だから。

だからこそ法隆の暴走を止めるのもまた、奏多の大事な役割なのだった。

意志の強さを表すように、腕を組んでこちらを見つめてくる法隆に、奏多は別の面からの説得を試みることにした。

「それに、おまえ、ひとりの時間がないと耐えられないくせに」

「それは……」

さすがに自覚があるのか、法隆はあからさまに視線を泳がせた。

法隆は過去にも恋人と同棲をしたことがあるが、期間はひと月ももたなかった。

他のデザイナーがどうかは知らないが、法隆は新しい仕事に取りかかる前は、決まってひとりきりの時間を過ごしたがる。

ずっと部屋にこもっていたり、ひたすら散歩をしたり、どこかへ通い詰めたりと、その過ごし方はその時によって様々だが、ひとりで集中して、ふとした思いつきを明確な形にまで昇華させているのだと言っていた。

その間は他人との交流が煩わしくなるらしい。

「恋人を放置した結果が、同棲の解消だっただろう。しかも二回も」

「確かにそうだ。でもカナを邪険にしたことはないぞ」

言われてみればその通りかもしれないと、奏多は過去を振り返る。

奏多が気を利かせて放置していたことはあるが、法隆から拒まれたことはなかったかもしれない。

「なぜだろうな、カナだけは平気だった。やっぱり特別だったんだろうな。むしろカナがいないほうが落ち着かないんだから」

だから同居するのに問題はないのだと、話の流れが望まない方向に進みだして奏多は焦《あせ》った。

「あっ、時間！　そろそろ支度しないと始業時間に遅れるぞ」

素早く立ち上がり、飲み残したコーヒーカップを持ってキッチンに逃げる。

「カナ！」

「早く着替えないと、先に行くぞ」

追って来る法隆はいまだスウェット姿だ。

さすがにこれ以上の話し合いは無理だと思ったのか、法隆はしぶしぶながら頷いた。

「わかった。この話は保留だな」

そして足早に寝室のクローゼットへと向かう。

法隆が着替えている間に、奏多は食器を食洗器に入れ、冷蔵庫の中身をざっと確認する。

いつの間にかそこには、慌《あわ》ただしい平日の朝の空気が戻っていた。

それから数日後の夕方。

奏多はオフィス街の一画に建つ、モダンな外見のビルを訪れていた。

五階建ての各フロアには、広さの異なる撮影スタジオがいくつかあり、奏多の目的は一階の、ロビーを入ってすぐの区画だった。

すでに撮影は始まっており、白いホリゾントの前に単体で置かれたソファを、カメラマンが試し撮りしては、明るさの調整をアシスタントに指示している。

法隆がイタリアの家具ブランドとコラボレーションしたコレクションの展覧会が、国内の直営店で催されることになり、そのパンフレット等に使用するための画像の撮影だった。

今日は家具のみの、いわゆる物撮りで、ひと部屋まるごとコーディネートした写真は、また後日に法隆も同行して撮る予定になっている。

撮影は事前の打ち合わせのとおりに、順調に進んでいた。

事務所からも担当者が出向いているし、奏多の立ち合いが必要な現場ではなかったのだが、忙しい時間を割《さ》いて訪れたのは、どうしても自分の目で見たかったからだ。

一般的に法隆の作品は、斬新でかつ遊び心のあるデザインが特徴だと認識されている。

だがこちらのシリーズは、あえてスタンダードなフォルムに近づきつつ、細かな飾りや差し色で法隆らしさが加えられていた。

特にソファは張地《はりじ》の触り心地に拘《こだわ》りぬき、完成まで随分と時間をかけたことは、法隆の妥協を許さない姿勢を存分に表すエピソードとして、業界でも語り草になっている。

そうして年ごとにシリーズに加わっていった家具たちは、美しさのなかに寛《くつろ》ぎと温かみがあると評価が高く、ファンが多いのだそうだ。

奏多もそのひとりで、いつか分譲マンションを購入するときには、法隆のデザインした家具でコーディネートしつくしたいという野望があった。

現場に任せて特に問題はないと判断した奏多は、ひとまずロビーに出た。

「あっ、暮郷さん、お世話になっております」

電話をしていたらしい展覧会の担当者が、奏多に気付いて駆け寄って来る。

「こちらこそ、いつもお世話になっております」

入社五年目だと自己紹介した若い担当者の、第一印象は子犬だった。

いつも忙しそうに現場をあちこち走り回っている。走りすぎて上司に叱《しか》られるくらいだ。

「ご挨拶が遅れてすみません。今日は、法隆さんはご一緒じゃないんですか？」

「法隆は、本人が決めた今日のノルマが終わりそうないので、事務所に置いてきました。来週のロケには同行させていただきますのでよろしくお願いします」

「ノルマがあるのですか、大変ですね。あっと、確認したいことがあるので、いまお時間よろしいですか？」

「じゃあ、あちらで」

奏多はロビーの隅にいくつか並んでいるソファセットまで移動した。

担当者が取り出したファイルを間に挟んで、ロケに関する相談をいくつかする。

「じゃあこちらで進めさせていただきます。ありがとうございました」

貼りつけた付箋だらけで賑《にぎ》やかなファイルを、担当者は大事そうに鞄《かばん》にしまった。

「開催が楽しみですね」

展覧会成功への確かな手応えを感じているのか、瞳をきらきらと輝かせている。

「そうですね。今回は初期のコレクションまでが勢ぞろいするとあって、法隆も気合いが入っているようです」

そのせいか展示会場の内装から宣材のデザインに至るまで、すべての作業に法隆が関わっているくらいだ。

そんな法隆を間近で見ているからこそ、奏多は展覧会をなんとしても成功させたいと思っていた。

撮影の立ち合いに戻るという担当者を見送った奏多は、ひとまず事務所に連絡を入れておこうと、鞄からスマートフォンを取り出した。

そして何気なくロビーを見渡したとき、知っている姿を見かけて手が止まる。

階段を下りて来た男はモデルのヒロヤだった。仕事を終えて帰るところなのか、マネージャーらしき男と入り口に向かっている。

帽子をかぶってサングラスをかけているが、頭が小さくてバランスのいいプロポーションと、隠しきれない魅力的なオーラは相変わらずだ。

近頃はずいぶんと多忙らしく、街中の広告やテレビのコマーシャルでよく見かけるが、こうして本人を間近にするのは、ほぼ半年ぶりだった。コマーシャル撮影の現場に立ち会った際に言葉を交わしたのだが、わざわざ向こうから奏多を呼び止め、自分が法隆を振ったのだときつい瞳で睨《にら》まれたのが印象的だった。

「タクシーが来てるか、見てきます」

「ああ」

マネージャーはそう言うと、先に小走りで外へ出ていく。

ヒロヤはどこか気だるげな仕草で荷物を肩にかけ直すと、座って待っていようと思ったのか、奏多がいるソファのほうへと向かってきた。

「……あ…っ……」

そしてこちらに気付いた途端に、あからさまに顔をしかめる。

微妙な反応をされて困ったが、いまさら隠れようもないので、奏多は曖昧に微笑みかけた。

「こんにちは」

「……どうも、奏多さん」

ヒロヤはいわゆる法隆の元カレだ。

しかも深い仲だと一目でわかるような現場を目撃しているので、こうして顔を合わせてなにも感じないと言えば嘘《うそ》になる。

だが法隆は奏多の元に戻り、結果的にヒロヤから恋人を奪ってしまった。

ヒロヤも内心は複雑だろうが、仕事相手として未だ進行中の案件もある。

ここは大人の対応をするべきだろうと、奏多はひとまずヒロヤに断りを入れて、途中になっていた事務所への連絡をした。

その間にヒロヤは近くのソファに荷物を下ろし、座りながらサングラスを外した。

撮影現場の状況の簡単な報告と、別件の確認事項を聞いて通話を終えると、じっとこちらを見つめてくる視線に気づく。

「……ひとりなんですか？」

スマートフォンの電源を切った奏多は、自分が訊《たず》ねられたとは思わずに、聞き流しそうになった。

「えっ？」

「今日は、おひとりなんですか？」

重ねて問われて、内容を理解して、とにかく頷く。

「ああ、オレだけだよ。そこのスタジオで物撮りをやってて、様子を見にね」

「そうですか。あっ、べつに誰と来てるのか気にしてるわけじゃないですから。そこは勘違いしないでくださいね」

強い調子でそう言って、ヒロヤはそっぽを向いた。

誰を意識しているのかは明らかだが、やはり法隆と顔を合わせるのは気まずいのだろうか。

けれどもさすがに奏多からそれを尋ねるのは憚《はばか》られ、さりげなく聞き流すことしかできない。

なんとなく気まずい雰囲気のまま沈黙が続き、奏多はどうしようかと、隣にいるヒロヤの横顔を見つめた。

こうして間近で眺めると、見ごたえのある綺麗《きれい》な男だと思う。

きめ細やかな白い肌に、高い鼻梁と、つややかな唇。それに少しつりぎみの大きな目が、気の強そうな印象を与え、気位の高いネコを連想させる。

奏多とはまったく違うタイプだ。

ヒロヤは、自分から法隆を振ったのだと奏多に告げてきた。

それはただの強がりではなく、きっと真実なのだろう。

自分から別れを告げたのは、恋愛の引き際を見極め、潔《いさぎよ》く身を引いたからだ。ヒロヤは彼なりに法隆のことを想っていた。ただの遊び相手ではなかったからこそ、自ら決着をつけたかったのかもしれなかった。

ぼんやりと考えているうちに十分が経過したけれど、マネージャーは確認に手間取っているのか戻ってこないし、ヒロヤも席を立つ様子はない。

「なんですか、ひとの顔をじろじろ見て」

横顔が突然こちらを向いたので、奏多はびくりとした。

まさか綺麗だから見とれていたとは言い辛い。

確かに不躾《ぶしつけ》だった自覚はあるので、素直に謝った。

「ごめん。最近、忙しそうだなと思って」

「まあ、おかげさまで」

遠くから見たときには気付かなかったが、ソファの背に深くもたれたヒロヤの伏せた顔は、少し疲れて見える。

「瘦《や》せたんじゃないか?」

「……そうですね。ちょっとバテ気味で。でもショーに向けて身体を絞らなきゃいけないから、ちょうどいいですよ」

どこか投げやりな口調が気になった。

体調を崩して痩せるのと、見栄えよく身体を引き締めるのとはわけが違うだろう。

モデルという職業が、華やかな見た目の裏ではかなりの重労働であることくらい、奏多でも知っている。

「バテ気味って、大丈夫なのか？」

「大丈夫ですよ。でも最近は仕事ばっかりだし、家に帰ってもひとりで、あんま食欲もわかないんですよね」

仕事ばかりというのは本当のようで、ヒロヤは本業以外にも挑戦の場を広げ、最近では映画出演のニュースが話題になっていた。

ただ、ひとりという単語に、奏多は少なからず罪悪感を呼び起こされる。

「ちゃんと食べないと、身体がもたないぞ」

「あれ、もしかして心配してくれてるんですか？」

顔だけ上げたヒロヤが、にやりと挑発的な笑みを浮かべる。

他人の視線どころか感覚まで惹《ひ》きつけるような魅力的なその表情に、奏多も目を奪われた。

そうしていると、やはり彼はトップクラスのモデルなのだとあらためて思い知る。

生意気なところもあるが、そうでなくてはヒロヤらしくない。

ひとりの食事が楽しくないのは本音なのだろう。

そういう気持ちは、奏多も実体験としてよく知っている。

「食事くらい、オレでよければつきあうよ」

自然と言ってしまって自分でも驚いたが、ヒロヤも同じく、きょとんと目を丸くしていた。

「えっ、なに？　もしかしてオレを食事に誘ってるの？　奏多さんが？」

「ひとりじゃ食欲がわかないんだろう？　今夜の上がり時間は？」

奏多と食事に行くなど冗談ではないと、断られるかと思ったが、ヒロヤはしばらく考えるように時間を置くと、ぽつりと答えた。

「……順調にいけば、二十一時の予定だけど」

「じゃあそのあとで。オレの知っている店でかまわないな。しっかりと栄養を摂らせてやるよ」

アドレスを教えてくれるなら、店の場所をメールしておく。教えられないなら、マネージャーを間に挟んで連絡すると言うと、ヒロヤは素直にプライベート用のスマートフォンを取り出し、ふたりはアドレスを交換した。

その場で素早く作成したメールを送信し、

「じゃあ、店で待ってるから」

奏多はソファに置いてあった鞄を手に取った。

するとスマートフォンの画面を見ていたヒロヤが、慌てたように顔を上げる。

「でも、予定が変わることもあるから……」

「承知してるよ。撮影がおして無理そうなときは、ひとりで適当にするから気にするな」

多忙な相手との約束が予定通りにならないことなど、よくわかっている。

だから大丈夫だと微笑みかけると、とたんにヒロヤは眉を寄せ、戸惑うような、いままで見たこともない表情を浮かべた。

「あんた……なんで……？」

けっして友好的な関係とは言えない相手を食事に誘ったのか、不思議なのだろう。

けれども答えは奏多自身も持っていない。

「さあ、なんでだろうな」

なんとなく、ほっておけないと思ってしまったのだ。

けれども奏多には、それだけで十分だった。

ヒロヤのために選んだのは、以前に仕事で関わってから懇意にしている和風創作料理の店だった。ゆったりと広めに区切られた個室は、畳敷きに掘りごたつのテーブル席で、人目を気にせずに寛げるところも気に入っている。

先に到着した奏多は、予約していた席にひとりで座った。

撮影は予定通りに終わりそうだと、ヒロヤからメールが届いていたので、しばらくすればやって来るだろう。

喉が渇《かわ》いたので先に飲み物だけ頼もうと、テーブルの上のお品書きに手を伸ばした、そのとき。

脇に置いていたバッグの中で、スマートフォンの着信音が鳴りだした。

ヒロヤからだろうか。最寄り駅まで電車移動するとメールに書いてあったが、もしかすると店の場所がわからなくて迷っているのかもしれない。

駅からの道を思い浮かべながら、スマートフォンを取り出すと、

「……法隆？」

電話をかけてきたのは、ヒロヤではなくて法隆だった。

仕事の緊急連絡の可能性もあるので、頭のなかを切り替えながら、画面を指先でタップする。

個室とはいえ店内なので、声量は控え目に応答した。

「もしもし法隆？　どうしたの？」

『カナ、いまどこ？』

「どこって、もう店だけど」

『……店？』

怪訝《けげん》そうに聞き返される。通話の向こうで法隆が首を傾げているのが目に見えるようだ。

「伝えたはずだよね。今夜はヒロヤと食べてくるって」

『……あー……っ、そういや聞いたような。忘れてた』

今頃思い出したらしい法隆が、途端に機嫌を損ねたのがわかった。

『でも、なんでヒロヤ？　おまえたち、いつからそんなに仲良くなってたんだ？』

「それも報告しただろう。撮影スタジオのロビーで会ったたって」

疚しいことはなにもないので、隠さずに経緯を伝えたはずだが、法隆は作業に集中していたのか、どうやら耳に残っていなかったようだ。

「作業中に話したオレが悪かったな。ごめん」

『いや……こっちこそ』

「法隆は、ごはん食べた？」

『……ああ、食べた、かもしれない』

はっきりとしない返事は、奏多には嘘がつけない法隆らしい、バレバレな誤魔化しだった。

「食べてないのか。外食が面倒なら、冷凍庫にストックがあるだろ。レンジでチンすればいいやつ」

こんなときのために、予《あらかじ》め作り置きした料理を冷凍保存してある。

さすがの法隆も電子レンジで温めるくらいはできるのだ。

『でもひとりで食べるのは味気ない。だから……早く帰って来いよ』

「……法隆」

ひとりでいる寂しさを無駄にアピールしてくる法隆に、どう返事をしようか迷っていると、個室の障子ががらりと開いてヒロヤが入ってきた。

「あっ、ごめん、切るぞ」

奏多は一方的に通話を切ると、スマートフォンを鞄にしまった。

「遅れてすみません」

「気にしなくていいよ」

よく見ると、ヒロヤの息が少し上がっているような気がする。

「もしかして、駅から走って来た？　急がなくてもよかったのに」

「べっ、べつに急いでないし」

ヒロヤは、ふいっとそっぽを向いたが、微《かす》かに頬が赤くなっている。

奏多はつられて微笑んだ。

こうして見ると、やはり年下なのだと実感して、なんだか可愛く思えてくる。

「料理はお任せでいい？　アレルギーとか、ダメなものはある？」

「アレルギーは特になし。わさびが苦手です」

「じゃあ、彼は夏バテ気味なので、身体に優しい物を」

ヒロヤの返事を店員に伝え、店のおすすめの料理を中心に注文を済ませた。

先に運ばれてきたウーロン茶に口をつけると、ヒロヤにじっと見つめられていることに気付く。

「あっ、ごめん。つい全部しきっちゃって」

事務所内の食事会でも、幹事の立場になることが多く、ついいつものノリで動いてしまった。

「いや……しっかりしてるなと思って」

「しっかりってね、オレもいい大人なんだけど」

「もしかして奏多さんは世話好きなタイプですか？　だから同い年の幼なじみを毎朝起こしに通うとか、できちゃうんですかね」

チクリと棘《とげ》のある言葉は、法隆の寝室で遭遇したときのことを指していた。

「あっ……その節はどうも」

ヒロヤのほうからあの朝のことを話題にしてきたことに驚いて、奏多はつい変な返事をしてしまった。

「ぷはっ、なにそれ、ヘンなの」

ヒロヤが、おもしろすぎて吹き出してしまったと、楽しそうに笑いだす。

「まさかヒロヤから法隆の話題が出てくるとは思わなかったから、不意を突かれたんだよ」

「あなたとオレの共通の話題って、仕事以外ではあの人のことくらいでしょう。それにオレは、未練とかまったくありませんから、話題にしても平気です。むしろその件で話したいことがあるから誘われたんだと思ってたんですけど？」

「いや、ひとりの食事がつまらないって言ってたから、じゃあ一緒にどうかと思っただけだよ」

短い期間だったとはいえ、恋人として肌を合わせた相手のことを、そんなに簡単に昔のことにできるものなのか、奏多には判断できない。

人によって、キズの深さも痛みの癒え方も違う。

だから法隆とヒロヤのことを断片的にしか知らない奏多は、強がりかもしれないヒロヤの言葉を信じるしかない。

だが奏多が気をまわすことで、ヒロヤにも余計な気遣いをさせてしまうのだとしたら、それは本末転倒のような気がするから。

「ヒロヤがもう平気なら、オレも意識しないことにするよ」

「そうしてください。別れた男なんて、とっくに綺麗さっぱり過去の人です。なんだったら惚気《のろけ》だって訊いてあげますから、遠慮なくどうぞ」

ヒロヤはウーロン茶のグラスをつかむと、ぐっと飲みほした。

「惚気って言われてもね……」

運ばれてきた料理をヒロヤの皿に取り分けながら、奏多はどんな話が惚気になるのか悩む。

「ないんですか？　ネタになりそうなラブラブ話。それとも、なにか問題ありとか？」

ヒロヤがおもしろいことを見つけたみたいに瞳を輝かせる。

「幼なじみでつき合いが長くても、恋人になったら、いままで知らなかった新たな一面が見えたりするものでしょう」

「知らなかった一面……？」

なにかあっただろうかと考え込んでいると、鞄のなかのスマートフォンが、今度はメールの受信を知らせた。

おそらく法隆からだろう。さっき話したばかりだから見るのは後でもかまわないと思ったのだが、やはり気になってしまう。

「ごめん、仕事関係かもしれないから」

「かまいませんよ」

食事中なのに申し訳ないとヒロヤに謝ってから、取り出して確認した。

すると送信者は思ったとおりで、内容は、必要な資料が見つからないのだが、奏多は置き場所を知っているかという問い合わせだった。

そんなに急ぎの用件でもなさそうなのに、数時間後に帰宅するまで待てなかったのだろうか。

問題の資料は奏多も覚えがなく、あるとしたら事務所の棚かもしれない。

それをいま返信するべきかどうか迷っていたら、ヒロヤも気になったようで、心配そうに声をかけられた。

「奏多さん？　なにか面倒な連絡ですか？」

「えっ、いや……」

「深刻そうな顔をして、なにかあったんですか？」

「そんなんじゃないよ。法隆から、資料が見つからないってメールが届いただけで」

「えっ？」

ヒロヤは驚いたような顔で固まった。

「それは……どういう反応なのかな」

そんなに驚く要素が、どこかにあっただろうか。

「よく届くんですか？」

「えっ？」

「メール。法隆さんから」

どこか訝《いぶか》るような視線を向けられて、奏多は少し戸惑いながら答えた。

「まあ、そうだな。別行動してるときに、わりと届くかな」

「……はあっ？」

ヒロヤは目を見開きながら、信じられないと小さく呟いている。

「毎日事務所で顔を合わせているのに？　いったいどんな内容ですか？　もしかして返信もちゃんと届いたりするんですか？」

なぜか勢いを増したヒロヤから、矢継ぎ早に質問を浴びせられた。

確かに法隆は、事務所でも自宅でも、かなりの時間を一緒に過ごしているにもかかわらず、奏多がひとりで外出すると、必ずと言っていいほど、ちょっとしたメールや電話をくれる。

恋人になる以前は、『メーカーの担当の名前、忘れた』とか『至急。納期の確認』など、仕事に絡んだ問い合わせが多かった。

けれども恋人になってからは、私的な内容が増えて、『散歩中の収穫』というタイトルのついた綺麗な青空の写真を送ってきたり、『週末のデートはここで』とオープンテラスのカフェを見つけた報告をしてきたりする。

それは他愛のない内容だけど、例えば、企業を相手に有利な条件をまとめたいと、余計な力が入っているときや、気を遣う打ち合わせを終えて、疲れて帰るときなど、奏多の心を解いて楽にしてくれる効果があった。

昔から法隆は、そういうさりげない気遣いができる男なのだ。

「そのあたりは、マメな男だよな」

恋人として法隆の傍にいたことのあるヒロヤだから、当然知っているだろうと思った。

けれどもヒロヤはなぜか、眉間にしわがよるほど険しい顔つきになる。

「マメな男なんて初耳ですけど。オレは、つき合ってた頃に法隆さんからメールをもらったことなんて、ほとんどありませんでしたよ」

「……えっ？」

信じがたいことを言われて、今度は奏多のほうが驚いて目を丸くした。

「メールだけじゃないです。どこへ行くにもなにをするにも、オレの方から誘ってばかりでした。いつも仕事が優先で、約束のドタキャンどころか、約束そのものを忘れられることもありました。それも何度も」

「それは………」

まるで別人のような法隆の不誠実な行いを知って謝りたくなる。だがここで奏多が謝るのもなにか違う気がして、そっと口を噤んだ。

「デートそのものは楽しかったですけどね。対応はスマートだし、エスコートも完璧でしたし。でもそれだけでした。デート以外の時間にオレがどう過ごしているのか、まったく興味がなかったみたいで。嫉妬させようと企んで他の男と会っても、なんの反応もしてくれませんでしたから」

聞けば聞くほど奏多は混乱してきた。自分たちは本当に同じ男の話をしているのだろうか。

疑わしくなるほど、奏多が知っている法隆と、ヒロヤが語る法隆が重ならない。

「いまだから言いますけど、オレが事務所におしかけたのは、牽制《けんせい》と嫌がらせのためでした。奏多さんに見せつけたかったんですよね。これはオレの男だって」

「ああ、あのときの……」

「見せつけようと考えた時点で、たぶん負けてたって、いまならわかるんですけどね。でも……」

そっとまぶたを伏せたヒロヤが、苦い笑みを浮かべた。

「ヒロヤ……」

もどかしいけれど、奏多はヒロヤにかける言葉を持たない。

きっとヒロヤも望んでいないだろう。

「ああもうっ、こんなこと話すつもりじゃなかったのに。うわあ、なんなのオレ、恥ずかしい」

昔語りをしたせいか、過去への想いに沈みかけていたヒロヤが、自力で浮上してきて照れくさそうに顔を手で隠す。

「オレじゃなくて奏多さんの話ですよ。今夜誘ってくれたお礼に、特別に聞いてあげますから、さあどうぞ」

半ばやけくそ気味に促すヒロヤの耳が、まだ赤い。

個人的な会話をしたのは、まだほんの数回なのに、気付けば心の深いところまで見せようとしているこの状況で、奏多はどうしても気になっていることがあった。

「その前に、ひとつ確認してもいいかな」

「……あれ、惚気話がくるかと思ったんですけど。いいですよ」

意表をつかれたのだろう。ヒロヤがなにを訊かれるのかと身構えたのがわかった。

「もう未練がないとは聞いたけど、やっぱり別れた男の話なんて楽しいはずがないと思う。もしかしてオレに気を遣ってくれてるのなら、その必要はないからな。仕事で関わりのある相手を気軽に誘ったオレも迂闊《うかつ》だったけど、知人に食事をさせるのはオレの趣味みたいなもので。たくさん食べて栄養つけて、元気になってもらいたかっただけなんだ。だから話題もおいしいものにしよう」

できるだけ率直に、ヒロヤのプライドを傷つけないように伝えたつもりだった。

だが予想外にあっさりとした反応が返ってくる。

「うわ……さすがにそんな自虐的な趣味はないですよ」

そして箸を置くと、考えを巡らせるように首を傾げた。

「べつに我慢も遠慮も気遣いもしてません。本当ですよ。ただ……自分でもよくわからないんですよね。なんであなたとこんなことを話せているのか。あなたはオレのライバルだった。でも結果はオレの惨敗で、本当なら憎らしく思ってもおかしくないのに……でも、今日誘ってくれて、嬉しかったんです」

ふっと浮かんだ微笑みはとても自然なもので、紙面や画面で見られるのとは違う印象を受ける。

「ロビーで会ったとき、居心地悪そうな顔をしてたのに、オレの体調を心配してくれて。なにこのお人好しって思ってたら、栄養を摂らせてやるって。変な人ですよね」

「それは……」

「褒《ほ》めてるんですよ、一応」

「一応、ね」

「負け惜しみで、オレがあの人を振ってやった宣言をしたときもなんですが、あなたと向かい合ったら、なぜか納得できてしまったというか、すっきりしたんです。そうしたら、あなたのことを嫌いになれなくなってました。むしろ本音を言えば、いまは法隆さんよりもあなたに興味があります。もちろん恋愛的な意味じゃないですよ」

昼間の撮影スタジオでのやりとりから、どうしてこんな展開になったのか。

どうやらヒロヤなりの表現で好意を示されている気がするのだが、自意識過剰の勘違いだろうか。

特別なことをした覚えのない奏多は、理由がさっぱりわからなくて首を傾げた。

「それは……喜んでいいのかな」

「まあそうですね。……しまった。なんか余計なことまでしゃべった気がする」

ヒロヤは端正な顔をしかめると、照れたように視線を逸らした。

最初の印象は気が強くて生意気だったのに、いまはやけに可愛く見えてくる。

「それで、惚気話はいいんですか？」

話せる相手は限られているだろうと、さりげなく話題を戻されて、奏多は観念した。

「惚気じゃなくて、ちょっと意見が合わないことならあるんだけど」

「つき合いが長いのに、まだ合わないことがあるんですか。それで？」

ヒロヤは少し冷めた揚げ出し豆腐を、一口サイズに切り分けて口に運ぶ。

奏多も料理に箸を伸ばして、ひとりで考えるには限界を感じていた案件を説明した。

「実は、同居のことで、ちょっと困ってる」

「同居かあ……。まあ一般的には、つき合って半年ならそろそろって感じだけど、おふたりなら今さらでしょう。法隆さんが面倒がってるとか？」

「いや、法隆のほうから持ちかけられてて」

「えっ？」

再び驚かれて、奏多は苦笑する。

「また、意外そうな顔してる」

「いや……やっぱりあなたとオレは違うんだなって」

ヒロヤはやけにしみじみと呟《つぶや》いた。

「違うって？」

「ああ、こっちの話です。じゃあ迷ってるのは奏多さんなんですね。なにが問題なんですか？」

あらためて問われると、奏多は答えにつまった。

世間体とか忙しさとか、いろいろと理由はあるけれど、そのどれもが決定打ではなくて、言い訳のように思えてくる。

自分はなにを躊躇《ためら》っているのだろう。

「……いまのままで十分なんだよ。べつに同居しなくても近くにいるし、職場が同じだから毎日会ってるし」

「でも、法隆さんはそうじゃないから、同居を持ちかけてきたんでしょう」

「……………そうなのかな」

目覚めたときに、隣にいないのが不満だと言われた。それならば奏多が自室へ戻る前に法隆を起こせば解決する。

そんな簡単なことで、いまの安定した状態を変えてしまっていいのだろうか。

もっと慎重に行動すべきだったと、後悔する日が来たりしないだろうか。

深く考え込んでいると、ヒロヤの落ち着いた声に引き戻された。

「ざっくりと聞いただけですけど、オレは法隆さんの気持ちが、ちょっとわかる気がします」

「……えっ？」

真っ直ぐな瞳で見つめられて、奏多は不覚にもドキリとする。

「同居を考えるのは、ただ一緒にいたいからじゃないですかね。帰る場所が同じになるって、結構な強みでしょう。傍にいたい気持ちが先にあって、他の理由なんか、あとからついてくるオマケみたいなものだ。迷ってることがあるなら、ひとりで抱えてないで、ちゃんと法隆さんと話し合ってみればいいじゃないですか」

まさかヒロヤからそんなアドバイスが貰えるとは思わなかった。

「例えば、他人が聞いたら呆れそうな理由だとしても、話し合うべきだと思うか」

法隆の名誉のために事実を隠しながら訊ねると、ヒロヤが呆れたように眉をひそめた。

「うわっ……法隆さん、どんなこと言ってるんですか。いや、いいです。聞かないほうがいい気がする。バカップルは爆発しろって叫ぶ気がする」

どうやらヒロヤは察しのいい男のようだった。

正直に全部教えなくてよかった。仕事場で再会したときに、法隆がヒロヤから残念な男を見る目をされるところだった。

「まあ、オレが言えるのはそれくらいです。あとは、おふたりで勝手にどうぞ」

「……うん、そうだね」

ヒロヤに感謝しつつ頷いてみたものの、内心ではあまり気乗りがしていなかった。

あらためて話し合いの場を設けたとしても、いままでの会話と同じことをくり返し、結果も変わらないだろうとわかっているからだ。

つき合いが長いと、こういうこともよく見えてしまうのが難点だった。

奏多がしなければならないのは、平行線な意見をうまくすり合わせ、ちょうどいい落としどころを見つけることだろう。

恋に落ちた赤の他人同士が、話し合いで相手のことをひとつずつ理解しながら、関係を深めていくのとはわけが違う。

相手の手の内をすべて見切った状態から始まった奏多たちは、おのずと打つ手も手段も限られているのだ。

「ありがとう、参考になったよ。お礼にここの支払いはオレに持たせてくれ」

けれどもヒロヤに意見して貰えたことは、純粋に嬉しかった。

「たいしたことは話してませんけど、じゃあ、遠慮なく。ゴチになります」

まんざらでもなさそうなのに、素直じゃない礼につられて笑う。

料理をあらかた食べ終えたら、結構いい時間になっていたので店を出た。

自宅の方向が違うので、先につかまえたタクシーにヒロヤを乗せる。

「ご馳走様でした」

「どういたしまして」

走り出すのを見送ろうと車から離れたら、なぜかドアのウインドーが開いて、ヒロヤが顔を出してきた。

「奏多さん、お返しといってはなんですが、もうひとつ教えてあげます」

「……なに？」

別れ際になんだろうと、車の脇に戻って身体を屈めると、周囲を気にしたのかひそめた声でささやかれた。

「オレがあの人と朝まで過ごしたのは、奏多さんと遭遇したあの一度きりです。それもオレから無理やりでした。それじゃ、おやすみなさい」

「えっ……」

どういうことか尋ねる前に、ヒロヤを乗せたタクシーは、夜の街へ走り去っていった。最後になんて爆弾を置いていったのだと、奏多は恨《うら》みがましい思いで、もうとっくに見えなくなった車を見送る。

気になることが増えてしまったと思いながら一台目を待っていると、スマートフォンがメールの受信を報《しら》せた。

法隆からの帰宅の催促メールだろうかと予想しながら確認すると、送り主はヒロヤで、律儀にも今夜の食事の礼が綴《つづ》られていた。そして、

『あらためまして、橋爪紘也《はしづめひろや》です。芸名しか知らないのも変だから』

そんな一文が添えられていた。

「そっか、こういう字を書くんだ」

字面の違いで印象も変わるものだ。

自分も楽しかったと返信を書くために、奏多は画面に指先をすべらせた。

最後に気になる土産《みやげ》を貰ったものの、予想外の収穫で食事を楽しんだ奏多は、温かな気分を胸に抱えて帰宅した。

タクシーを降りて、なにげなくマンションを見上げると、自宅の窓から明かりが漏れていて、上階の角部屋は暗い。

とっくに零時を過ぎているので早く寝ようと思っていたのに、どうやらそうもいかないようだと悟った奏多は、ため息をついた。

玄関のカギを開けて入ると、

「おかえり」

予想通りに法隆が、しかも不機嫌に近い無表情で待ち構えていた。

「なんでこっちにいるの？」

「カナの部屋を訪ねるのに理由が必要か？」

「まあ……いいけど」

奏多が上階の法隆の部屋のカギを持っているように、法隆も奏多の部屋のカギを持っている。

もっぱら奏多が使うほうが多かったが、恋人になってからは、法隆が使う頻度が格段に増えた。

「食事は楽しかったか？」

「まあね」

ヒロヤと食事に行くことは事前に報告していたし、法隆も了承していたはずだが、どうやら少々放置しすぎたようだ。

バスルームにまでついて来たので、奏多は振り返って法隆と向かい合った。

「明日も朝から仕事だろう。早く寝なよ」

「わかった。じゃあ部屋で待ってる」

「……って、こっちに泊まるのか？」

奏多としては自分の部屋に帰るように言ったつもりだったが、法隆は都合よく解釈している。

「自分のベッドのほうがよく眠れるだろうに」

奏多のベッドは部屋の広さに合わせたセミダブルだ。法隆のは最近買い換えたばかりのダブルサイズで、寝心地もいい。

重ねて言っても法隆は譲らなかった。

「そうだな、風呂から上がるのを待ってるから、一緒に上へ戻ろう」

「法隆、オレの部屋はここだ。それにもう眠くてたまらないから、シャワーを浴びたらすぐに寝たい」

「じゃあ早く浴びてこい」

しれっとした顔で返されて反発心が湧いたが、確かに言い合う余裕も無くなってきたので、とにかくバスルームに入った。

手早く洗った身体を湯で洗い流し、ルームウエアと兼用のTシャツとショートパンツに着替えてリビングに戻ると、法隆が待ち構えていたように立ち上がる。

「行くか」

手を引かれて歩き出せば、奏多はもはや諦めの気分で法隆の後ろをついていく。

エレベーターを使って法隆の部屋へ到着すると、真っ直ぐに向かったのは寝室だった。

ベッドに寄り添って横たわると、法隆は奏多の額に挨拶のキスをひとつして、

「おやすみ」

枕に頭を乗せると、あっさりと目を閉じた。

「……えっ？」

奏多は不可解な気持ちに襲われた。

まさか法隆は、こうして一緒に眠るためだけに部屋で待っていたのだろうか。

実を言うと、恨み言のひとつやふたつは覚悟していたのだ。

恋人になってからは特に、法隆は奏多が誰かとふたりきりで会うと、わかりやすい嫉妬を示してきた。それが仕事であっても、感情は別物だから仕方がないのだと、半ば開き直りのようなことも言われていた。

ましてやヒロヤとの食事は完全なプライベートで、しかも事後承諾だ。

それなのに、このあっさりとした空気はなんなのだろう。

わざわざ玄関で出迎えて、下向きの機嫌を隠そうともしていなかったくせに。

本当にひとりにされたのが嫌だっただけで、元恋人のヒロヤは嫉妬の対象にはならないとでもいうのだろうか。

「ちょっと待て、法隆っ」

反射的に手を伸ばして法隆の肩を揺すると、すでに眠りかけていたのか、眉を顰《ひそ》めながら薄く目を開けた。

「……カナ、どうした？」

不思議そうに呟き、腰を抱いていた手で、背中をゆっくりと宥めるように撫でてくる。

「眠いんじゃなかったのか？」

「あ……うん」

明日も朝から予定がつまっていて、早く休まないと仕事に支障をきたしてしまいそうだ。

それなのに眠気などどこかへ消えてしまった。

「起こしてごめん。おやすみ」

「……んー」

再び寝入ってしまった法隆の顔を間近で見ながら、どうして自分はこんなにも釈然としない気持ちになっているのかを考えた。


翌朝、目覚めると、やはり法隆の腕が奏多の腰にしっかりと回されていた。

眠っていて意識もないのに器用なことだと感心しながら、法隆の寝顔を間近から見つめる。

「……満足そうな顔」

穏やかで安心しきった顔を見ていると、愛おしさが胸に湧いてきた。

頬に触れてみると、ふっと口元が笑ったような気がして、なんだかたまらない気持ちになる。

奏多だって、こんなふうにいつも法隆の傍にいたいと思っている。

仕事上ではもちろんのこと、恋人になってからは、公私ともに唯一無二のパートナーであるのは間違いなく、法隆もそう思ってくれていると信じている。

誰にも代えられない、自分だけの、特別な、愛しい人。

だからこそ間違った選択をして取り返しのつかないことにはなりたくないと思ってしまうのだが、臆病《おくびょう》すぎると笑われるだろうか。

ただ好きという気持ちだけで行動して、ふたりの関係を周囲に知らしめて、理解のある人とだけ交流する世界は、確かに居心地がいいかもしれない。けれどもそんな世界にいるふたりは、心から満足できているのだろうか。

「……違うな、オレはもっと欲張りだ」

小さな呟きが、誰にも知られることなくシーツの隙間に消える。

法隆と仕事と、どちらも無くさないように自衛するのは、当たり前のことではないだろうか。

そのための公私の区別だというのに、法隆はすぐにあやふやにしてしまう。

融通が利かない奏多がいけないのか、法隆が大らかすぎるのか。

いまのままではずっと平行線のままだ。

ヒロヤが言った通り、きちんと話し合ってみるべきなのかもしれない。

そんなことを考えているうちにいつもの起床時間になったので、奏多はベッドから抜けだした。

自宅で身支度を整えて、洋風の朝ごはんを作っていると、法隆が起きてくる。

またひとりだったとこぼされる文句を聞き流し、同居話にまで発展しないように他の話題を振りつつ、フレンチトーストがメインの朝食を食べて、通常の一日を始める。

事務所に出勤すれば、お互いに思考は自然と仕事中心に切り替わった。

奏多は自分のデスクに座って書類をめくり、急ぎの案件から効率的に捌《さば》いていく。

法隆秋仁デザイン事務所の業績は上々だった。

不況と呼ばれるご時世に、ありがたいことに途切れることなく仕事の依頼が届き、また定期的に係《かかわ》らせてもらっているうちに、長いつき合いになった企業もある。

ここに事務所を構えたときには、広くて立派な城を手に入れたような気がしていたが、いつの間にか手狭に感じるようになってきた。

忙しい日々を送りながら、次第に考えるようになったのは、これから先の事務所のあり方だった。

事務所はいま、転換期に差し掛かっているように思う。

もっと上のステージを目指して業務拡大を狙い、デザイナーの人員を増やして、彼ら名義の仕事も扱うようにしていくべきか。

それとも看板のとおり、あくまで法隆の創作活動を主力にしたまま、ブランドのイメージを保ちつつクオリティを上げていくべきか。

果たして法隆はどちらを選ぶだろうか。

どちらを選択したとしても、法隆が思う存分にその才能を発揮できる環境を整えるのが、奏多の仕事だ。

そのために法隆の意思を最大限に尊重するが、必要な時には反対の立場になることも厭《いと》わない。

それは他の誰にもできない、自分だけの役割なのだと奏多は自負している。

自分が表舞台に立つことがなくてもいい。裏方に回ってでも法隆を支える力になろうと決めたときから、法隆が奏多の信じる希望だ。

時刻はそろそろ正午になろうというころ、それぞれの作業をこなしつつ、ときおり和やかな話し声が聞こえる室内を見渡しながら、奏多は未来のあるべき姿を模索していた。

「カナ」

名前を呼ばれ、ふと我に返る。

「えっ？」

法隆を振り返ると、机の上を指で示された。

「電話、なってるぞ」

「え、あっ！」

いつの間にか真剣に考え込んでいたせいで、まったく気づかなかった。

机の隅に置いていたスマートフォンが、着信を知らせて振動している。

「ありがとう、ぼんやりしてた」

手に取って見ると、相手は飛嶋《とびしま》 俊司《しゅんじ》だった。

学生時代からの法隆と共通の友人で、いまでも交友が続いている数少ないうちのひとりだ。

そして奏多は昔から、何度となく飛嶋に恋愛感情だという想いを告白されてきた。

奏多が法隆と恋人関係に落ち着いたことで、結果的に三度目の告白も断ったことになり、さすがにこれで友情もお終《しま》いかと思いきや、飛嶋は相変わらずまめに連絡をよこしてくる。

理由を訊ねたら、好きでいることと報われることは別だから、気にしなくていいのだと言われた。

飛嶋がそれでかまわないのならと、奏多もあえて避けたり距離を置いたりせずに、流れのままにつき合いを続けている。

ただ法隆は飛嶋に対して思うところがあるようで、あからさまに邪険にしている。

飛嶋に対しては友情しか感じていないと繰り返し伝えているのに、未だに嫉妬の炎を燃やすのが困りものだった。

最初は嫉妬されるのも愛情ゆえだと思っていたが、こうもしつこいと、本当は信用されていないのではないかとへこんだ気持ちになる。

だから飛嶋のことに関しては、奏多も多少むきになってしまうところがあった。

「ちょっと席を外す」

法隆に断りを入れて、奏多は足早に作業室を出た。

無人の応接室へと移動して、まだ震えているスマートフォンの画面に指をすべらせる。

「もしもし」

『奏多、久しぶり。元気にしてたか？』

変わらない様子に安堵しつつ、奏多も同じ調子で返した。

「先週も電話で話しただろ。そんなに久しぶりでもないよ」

『それもそうだな』

通話の向こうで飛嶋が、ふっと笑った気配が伝わってくる。

奏多は昔から飛嶋の声を気に入っていて、耳が心地いいなと思う。

けっして法隆には言えない秘密だ。

「それで、ご用件は？」

『ああ、食事に誘いたいんだが、今夜の都合は？』

「今夜？　また突然の誘いだな」

『海外出張から戻ったから、みやげを渡したいと思ってね』

そういえば先週の電話で、確かイタリアに出張中だと聞かされた。

実家の輸入家具を販売する会社に就職した飛嶋は、社交的な性格を存分に発揮して、主に北欧やヨーロッパを年中飛び回っている。

同い年の男の充実した仕事ぶりは、奏多にとっていい刺激になっていた。

「それはありがたいけど、でも出張のたびにおみやげを買ってこなくてもいいんだぞ。こっちはいつも貰ってばかりで、なにも返せないのに」

『食事をおごってくれてるだろ。それにみやげは奏多と会う口実だから、貰ってくれなきゃ困る』

「おまえって……こりないね」

『褒めてくれてありがとう』

まったく悪びれない男にはなにを言っても無駄だと知っているから、奏多はため息をつくと、脳内で今日の予定表を開いた。

「確か予定は……」

仕事がらみの会食も、遅くまでかかりそうな案件もないと返事をしようとすると、いつの間にかドアのところに法隆が立っているのに気付いた。ドアかまちに背中からもたれ、難しい顔をして、胸の前で腕を組んでいる。

向けられた不穏なまなざしから、どうやら通話の相手が飛嶋だとわかっているようだった。

『奏多？　どうした？』

黙り込んでしまったのを不審に思ったのか、問いかける声が聞こえてくる。

「今夜は俺と先約があるよな、カナ」

法隆はニヤリと悪そうな笑みを浮かべながら言った。

そんな約束は初耳だが、法隆のなかではすでに決定事項なのだろう。

そんなに飛嶋とふたりきりで会わせるのが嫌なら、一緒に来ればいいと思うのだが、法隆は三人で会うのも嫌がるので、改善のしようがなかった。

通話の向こうにも法隆の声が届いたらしい。

飛嶋の声が、あからさまに面白がっている声音に変わった。

『そうか、法隆がそこにいるのか』

「まあね」

『じゃあランチでもいいから会えないか？　とにかくみやげを渡したい』

「わかった。ちょっと待ってて」

奏多はスマートフォンを耳から離すと、法隆に向き直った。

「出張のおみやげをくれるっていうから、ついでに昼ごはんも食べてくるよ」

「カナ」

「夜は家でおまえと食べるから、なにがいいかメニューを考えておいて」

奏多が譲歩したことで、これ以上は嫌だと言えなくなった法隆は、まだ不満そうにしながらも頷いてくれた。

「……わかった。行って来い」

了承を得たので、飛嶋と待ち合わせる店を決めて通話を切る。

「あのなあ法隆、そのやきもちはムダだからな。いいかげんに覚えろよ」

「だがな……」

もどかしそうに伸びてきた手のひらに、そっと髪を撫でられ、頰を伝って肩を引き寄せられる。

「法隆っ、ここ、仕事場っ！」

「わかってる。だからちょっとだけ」

わかっていない。ちょっとかどうかの問題ではないというのに、法隆の腕が奏多の背中を包み、たくましい胸へと押しつけられる。

なにがそんなに法隆の心を揺らしているのだろう。

奏多がこうして腕のなかにいて、それを許していることが、愛情の証にはならないのだろうか。

「オレの恋人は、法隆秋仁だよ」

法隆をすべて受け入れると決めたとき、自分もすべてを法隆にあげたのだ。

それは法隆にとっての幸いにはならなかったのだろうか。

「法隆がいるのに、飛嶋に靡《なび》いたりなんかしないよ」

言葉を尽くし、心配はいらないと伝えても、法隆のなかの不安は消えないのだとしたら、いったいどうすればいいのだろう。

「ねえ、法隆」

「……わかった。我侭《わがまま》を言って悪かった」

奏多を抱いていた腕の力が緩んで、ようやく解放される。

途端に離れがたい気持ちになって、自分のほうこそ勝手だと奏多は情けなくなった。

「じゃあ、あんまり時間がないから」

昼食にさける時間は限られているので、頷いた法隆から離れる。

「行ってきます」

奏多は部屋を出て外出の用意をした。


飛嶋が指定した店は、奏多の事務所から程近い、創作料理のレストランだった。

いままでに何度も店の前を通っているが、入店したのは初めてだ。

料金設定は少々高めだが、周辺のビルに入っている企業がランチミーティングに利用しているらしく、店内は話し声で賑わってはいるけれど、あまり浮ついた空気はない。

飛嶋とともに案内された窓際の席に座り、焼き立てパンのランチプレートを注文した奏多は、ほっと一息ついた。

「法隆は相変わらずだな」

「いいや、前よりひどくなってる気がする……って、さっそくその話？」

奏多は振ってしまった飛嶋の心情を気遣い、法隆とのことには触れないようにしているのに、当の本人がなぜか嬉々として持ち出してくる。

ヒロヤのときと同じ居心地の悪さを感じるが、まさかヒロヤが自分にはないと言っていた、自虐的な趣味でも持っているのだろうか。

奏多は飛嶋にも確かめてみる。

「自分を振った男の恋愛事情なんて、聞いていて楽しいか？」

前置きもなしに言葉も選ばず尋ねたら、飛嶋にとっては予想外の質問だったのか驚いたように目を見張り、そして静かに微笑んだ。

「前にも言っただろう。俺が奏多を想うことと、奏多がそれに応えてくれるかどうかは別物だ。それに友人のひとりとして、悩みがあるなら手助けしたいと思うのは当たり前のことだ」

「……そういうものなのか」

「そういうものです」

にっこりと微笑んだ飛嶋は、ダークブルーの夏物のスーツを涼しげに着こなし、できる男のオーラをキラリと放っている。

きっと街を歩けば、すれ違う誰もが飛嶋のことを、素敵な男だと称賛するだろう。

だが多少なりとも中身を知っている奏多には、その笑顔は胡散《うさん》臭いものにしか見えなかった。

飛嶋とのつき合いも気付けば十年を超えるが、この男はいまだに底が知れない。

目の前で優しく笑っていても、本当に笑っているのかわからないところがあるのだ。

だからこそ法隆は、飛嶋のことをことさらに警戒するのかもしれない。

それをまた飛嶋が面白がって余計に煽るから、ますます苦手意識を強くしている。

ふたりの間に立つ奏多の身にもなってほしいが、こんな困った男でも、大事な友人であることは間違いなかった。

「オレに都合がよすぎる気がするけど」

「いいんだよ、奏多はそれで」

運ばれてきたランチプレートのサラダをフォークですくった飛嶋は、とても穏やかな雰囲気をまとっていて、少しも無理をしているようには見えない。

それが自然な姿なのか、あえてその姿勢でいようと努めているのか、奏多には判別できない。

たぶん飛嶋自身も、奏多に悟らせまいとしているのだろう。

だったら本人が望むとおりに、よき友人として巻き込むまでだ。

それが飛嶋の気持ちに応えることにもなると勝手に結論付けて、奏多は口を開いた。

「せめて飛嶋とのつき合いだけでも、そろそろ理解してほしいんだけどな」

「まあ、俺には前科があるから」

「ああ……そうだったな」

酒で酔いつぶれた奏多を裸にして、自分のベッドに寝かせた件を言っているのだろう。

あらためて思い出すと結構なことをされたのだが、奏多自身はすでに気にしていない。

「やられた本人がとっくに水に流してるのに、いつまでも根に持つことないだろう」

「それが法隆って男なんだよ」

飛嶋は、わかってないなとでも言いたげに、ちょっと肩を竦める。

そんなしぐさもいちいち様になっていて、奏多は無意識に遠くを見つめた。

「おまえ、実は面白がってるだろ。はあっ……もう帰ろうかな」

「まあまあ。奏多は法隆の独占欲が前よりひどくなった気がするって言うけど、俺に言わせれば、通常モードだな、あれは」

「えっ？」

思いがけないことを耳にして、奏多はパンを取ろうとしていた手を止めた。

「そんなに驚くことか？　ただの幼なじみだったころは、あまり表面に出してなかったけど、法隆は元から、奏多を奪おうとする相手には容赦《ようしゃ》がなかっただろう」

本当にそうなのだろうか。奏多は記憶にある出来事を思いつくままにさらってみたが、よくわからなかった。

「だから、あいつの独占欲をどうにかするより、うまくつき合っていく方法を見つけるほうが、お互いのためにもいいと思うぞ」

何度も頷きながら、飛嶋はしみじみとした口調で言った。

「……それは、オレをからかってるんだよな？」

なんだか絶望的なアドバイスをされた気がして、奏多はわずかな望みを探す。

けれど飛嶋は心外だとでも言いたげな顔で、奏多の望みを打ち消した。

「ひどいな。これでも俺は、奏多の味方のつもりだ」

「だって飛嶋と食事に行くって報告するたびに、背中に真っ黒なオーラをまとうんだぞ！　オレは何度も心配はいらないって言ってるのに」

見当違いな独占欲を、自分はその度に宥めすかし、機嫌を取らなければならないのか。

これからのことを考えると、奏多は気が遠くなった。

ただの幼なじみだった頃には気にならなかったことが、恋人になっただけで、こんなふうに重くのしかかってくるとは思ってもみなかった。

「……だいたい友人との食事のどこに不安要素があるんだよ。いちいち疑うってことは、オレを信用してないってことだろ」

自分で言った言葉に、傷ついた気持ちになる。

「法隆が信用してないのは奏多じゃなくて、周りの連中だよ」

「その周りの連中に……そんなことはあり得ないと思うけど、口説かれたとして、オレが靡かなければすむ話だろ。それを心配するってことは、靡くかもしれないって思ってるってことだ」

いったいいつから、法隆はそんな風に思うようになっていたのだろう。

法隆にそう思わせた原因が、自分にあるのだろうか。

法隆のことはなんでも知っているし、なんでもわかっていたはずなのに、いまはそうではない。

特に恋愛事が絡むと、知らない男の顔が増える。

ヒロヤが語ってくれた、不誠実でそっけない法隆なんて、奏多は知らなかった。

奏多のなかで次第に不愉快な感情が広がっていく。

たとえ恋人であっても、お互いに責任のある立場なのだから、公私の区別をきちんとつけなくてはならない。それが奏多の主義だ。

そんな自分が他の誰かに靡く心配をされるだけでも心外なのに、飛嶋はその独占欲は生来のものだから、認めてうまくつき合えという。

疚しさの欠片《かけら》もない自分が、なぜ譲歩しなければならないのだろう。

身持ちの固さを比べるなら、いままでに遊んだ相手の数は、法隆のほうが圧倒的に多いではないか。いまや世界にも名の通ったデザイナーで将来有望株だ。加えてあのルックスに、資産もそれなりに持っているとなれば、射止めたいと狙う女性は多いはずだ。

「浮気を疑うなら、法隆のほうだろう」

「本当にそうかな」

コーヒーカップを持ち上げた飛嶋が、意味深なまなざしを向けてきた。

「あいつのモテ疑惑はともかくとして、法隆って、そんなに面倒くさい男なのか？」

「……えっ？」

根拠のない独占欲で簡単に機嫌を左右させるような男が、面倒な男でないはずがないだろう。おかしなことを訊くものだ。

「ああ、面倒くさいな。手もかかるし」

「俺が言ったのはそういう意味じゃないんだが、おまえは近くにいすぎて見えなくなってるんだな。おもしろがって挑発してる俺も悪いが、肝心の奏多がそれじゃあ、あいつも報われない」

飛嶋の言葉は謎めいていて、奏多には少しも理解できない。

「どういうことだ。ちゃんとわかるように言ってくれ」

「……単純なことを、考えすぎて難しくするなってことだ」

ますますわからないと奏多は首をひねるが、どうやら飛嶋はわかりやすいヒントをくれる気はないようだった。

「そうだな、気休めかもしれないが、指輪でもねだってみたらどうだ？」

「指輪？」

「ああ。奏多は自分のものだって、わかりやすい目印をつけておけば、法隆も少しは安心するかもしれないだろう。最高に可愛くおねだりしてやれ」

「そんなもので、本当に効果があるのか？」

「まあ、あいつなら、指輪が欲しいとねだられたら、嬉々として給料三か月分とかすごいのを用意しそうだけどな」

「それ全然洒落《しゃれ》にならないから！」

つい前のめりになりながら突っ込みを入れてしまうと、飛嶋の軽やかな笑い声が静かな店内に響き渡った。

飛嶋からアドバイスもどきを貰って数日が過ぎた。

効果があるというその言葉を信じて、あれから何度か実行に移そうとしたのだが、奏多は未だにそのひと言を言いだせずにいる。

あらためて考えると、恋人に指輪をねだるという行為はとてつもなく恥ずかしくて、直前でどうしても躊躇ってしまうのだ。

指輪という品が持つ特別感がいけないのだと考え、他の装飾品に変えようとしたら、飛嶋に指輪でなければだめだと釘を刺されてしまった。他の品では効果が期待できないとまで言われたら、さすがに無視はできない。

法隆の部屋で夕食のあと片づけをしながら、奏多はキッチンの隅にかけられたカレンダーを見た。

赤い丸がついている日に、法隆は出張のためイタリアへ旅立つ予定になっている。

来週からはしばらく会えない。だからそれまでにどうにかして指輪をねだる作戦を成功させたいのだが、少しもうまくできる気がしない。

しかも最高に可愛いおねだりを指定されているので、ハードルは果てしなく高く思えた。

どうしたものかと悩みながら、濡れた手を拭きつつため息をつくと、

「ため息なんかついて、どうかしたのか？」

「えっ、あっ、法隆」

いつの間にかバスルームから戻って来た法隆が、すぐ傍まで来ていた。

また上半身は裸のままで、湯上りの湿った熱気を放っている。

「ちゃんと髪を拭いてこいって、いつも言ってるだろ」

「わかってる。それより、なにか悩みごとか？」

法隆は冷蔵庫からミネラルウォーターのペットボトルを取り出すと、ちらりと視線を向けてくる。

奏多は首を横に振った。

「べつに、なんでもないよ。法隆こそ」

「うん？」

「来週の出張の準備、そろそろ始めてるか？」

訊ねると、法隆は洗いたての髪に荒っぽく指を通した。

「あー……、あれ、もう来週なのか」

「のんきだな。衣類は向こうでもなんとかなるけど、薬の類いはそうもいかないだろ。おまえは海外

に行くとお腹が弱くなりがちだから、ちゃんと準備しておかないとな。他にも必要なものがあればオレが用意しておくから、早めに言えよ」

ついでだから常備薬の確認をしておこうと、奏多はリビングの壁面に置かれた収納棚へと向かう。

「ああ、助かる。ところでカナ」

「なに？」

取り出した薬箱を開けて、期限が切れているものがないか日付けを確かめていると、後ろをついて来た法隆にゆるく腰を抱かれた。

「やっぱりカナも一緒に行こう」

「なんだよ、いま忙しい」

「……はあ？」

いまさらな事を言われて、奏多は持っていた胃薬の箱を落としそうになった。

イタリア出張の目的は、ヴェネチアで開催される展覧会に、法隆が作品を出展するからだ。

現場の設営と現地の取材への対応、それに数日の休暇を加えて、二週間の滞在を予定している。

出展が正式決定したときも、法隆は奏多の同行を希望していた。けれども……。

「その話は前にもしただろう。事務所はどうするんだ」

法隆と奏多のふたりが留守にしたら、事務所も休まなくてはならなくなる。

進行中の案件は他にいくつもあるのだ。半月ちかく事務所を閉めるのと、法隆と連絡を取りつつできる作業を進めるのとでは、その後の状態もまったく違ってくる。

だから奏多は日本に残って、後方支援に徹することに決まったはずだった。

「途中の数日だけでもいい。カナに見せたいものもあるし、いい経験になると思うから」

「経験を積ませるなら、留守番組のスタッフの誰かにしろよ。オレが行っても現場でできることは少ないんだから」

奏多は腰を抱く腕から逃れて法隆と向かい合い、面倒な説得を試みた。

「オレだけ遊びに行けるわけがないだろ」

「じゃあ夏の休暇を前倒しでとるってことにして、全員連れて行くか」

「うちはよくても世間は動いてるんだ。いまから調整しても、来週の話じゃ難しい。それに全員連れて行くって、そんな予算は出せないぞ。無理だってわかってくれよ」

無茶な意見を冷静に潰していくと、法隆の目が、すっと細くなった。

「二週間だぞ。カナは俺と会えなくても平気なのか」

やはりそれが理由なのかと、奏多は実際に手のひらで頭を抱えた。

「そういうのは公私混同だろう。それに電話もメールもある。二週間なんてあっという間だ」

「声は聞けても触れない」

「おまえ、昔はそんなわがまま言わなかったよな。なんでだよ」

仕事に対して責任感があり、私情を持ち込まず、常に真摯《しんし》に向き合っていた。

奏多にとって自慢の男だった。それなのに……。

「……もしかして、オレのせいなのか？」

公私混同をするようになった理由が、恋人の存在だとしたら。

恋人のために法隆が変わったのだとしたら。

それでは恋人である奏多が、法隆を変えてしまったということではないか。

「オレがおまえを……ダメにしてるのか？」

それはいつからか、奏多の心に薄《うっす》らと影のように浮かんでいたのに、あえて見ないふりをしてきたことだった。

いまはまだ、仕事に大きな影響が出ているとは言えない。

だがこの先もずっと、こんなやりとりを続けていたら、いったいどうなる。

誰よりも法隆の活躍を熱望しているはずの自分が、仕事の妨《さまた》げになるなどありえないのに。

法隆をうまく支えられなくなった自分が一番許せない。

「恋人になんか……ならなければよかったのかもな」

ぽつりとこぼれてしまったのは、苦しいけれど本音だった。

それがこぼれた瞬間に、法隆がまとう気配が豹変する。

あれだけ傍にいながら一度も体験したことのない、周囲の空気まで暗く冷たく変えていくような気配に、奏多の肌がぞわりと震えた。

「それ……本気で言ってるのか」

法隆の低い声には、はっきりと苛立ちが混じっている。

奏多は自分の言葉が法隆に与えた影響を目の当たりにして、強い衝撃を受けていた。

すぐに間違いだと否定したほうがいい。

言いすぎてしまったと謝ったほうがいい。

頭では冷静に状況を把握《はあく》しているのに、それでも謝ったら負けだと抵抗する気持ちもあって、奏多の心が振り子のように揺れる。

「オレは……」

ここは意地を張る場面ではない。

法隆の怒りを静めることが先決で、不満はあとでいくらでもぶつけ返してやればいい。

いくつもの考えや方法が頭を過《よぎ》り、この場を丸く収めろと奏多を突き動かす。けれども……。

「オレは、間違ったことは言ってない」

そう答えた自分に一番驚いていたのは、奏多自身だった。

「あ……っ」

奏多が混乱している間に、法隆の顔から表情が消え、冷たい気配が一層きつくなる。

誰にでも愛想がいいわけではない男が、奏多には常に優しい表情を向けてくれる。それがどんなに特別なことだったのか、いま身に染みてよくわかった。

早くさっきの言葉を撤回して、許してもらわなければ。

「……あの……」

それなのに、混乱しているのか、なにをどんなふうに言えばいいのかわからない。

声をかけたきりなにもできず、ただ時間だけが過ぎていく。

そうしていると法隆が、止まった時間を動かすように、重いため息をひとつついた。

「わかった」

そしてひと言だけ呟くと、奏多に背を向けて歩きだす。

リビングから出て行く背中を呆然と見送った奏多は、いきなり緊張から解き放たれたように脱力して、収納棚にもたれかかった。

やってしまったと、そればかりが頭のなかを駆け巡り、今頃になって膝が震え始める。

言ってしまったことは取り戻せない。なかったことにはできない。

だがあの場面で、あの状況のなかで、奏多の内側からでてきた言葉だ。

間違ったことは言っていないから、謝るわけにはいかない。

それは紛れもない本心だった。

ただ奏多は伝え方を間違えてしまったのかもしれない。

法隆は傷ついた瞳をしていた。

他の誰でもない奏多が、法隆にあんな顔をさせてしまった。

ひとり取り残された部屋で、奏多は膝の震えが止まるまで、法隆に与えてしまった痛みについてひたすら考え続けていた。


ケンカをした夜から翌週へと、時間は飛ぶように過ぎていった。

仲直りをしないまま、奏多はイタリアへ旅立つ法隆を、事務所の玄関から見送った。

それまでも毎朝の習慣は続けていたけれど、法隆は自力で目覚めて、黙ったまま食事をして、ひたすら仕事に没頭していたようだった。

奏多がうるさく世話をしなくても、なにも困るようなことはなかった。必要最低限の会話しかしなくても、事務所は滞《とどこお》りなく機能していた。仕事に個人の事情を挟みたくなくて、奏多は半ば意地になりながら、法隆のサポートをし続けた。他愛のないメールや電話がこなくなっても、一日は同じ速さで過ぎていく。持て余すほどの独占欲からも解放されて、楽になれたはずだった。

それなのに法隆がいないデスクを目にして感じたのは、例えようもないほどの喪失感だった。

無事に現地に到着したと、同行したスタッフから連絡があったが、法隆からは言伝すらなかったのが不思議に思えたほどだ。

イタリアからの定期連絡で現地の状況を把握し、緊急の際はいつでもフォローができるように、万全の態勢を整えておく。

しかし順調だと知らされていたのは最初の二日間だけで、別件で参加する展示会場での作業に入った途端に、イタリア出張組は混乱に陥っていた。

現地に発注していた資材の寸法が間違っていたり、納品された品物の数が合わなかったりと、細々としたトラブルが起こっては対応に追われ、その間は作業が止まっている。

日本からでも助けられる事情でもなければ、奏多は見守ることしかできず、法隆ができるだけ無駄の少ない変更案を講じて、どうにか乗り越えている様子が伝わっていた。

本来の法隆は、能力の高い優れた男なのだ。

その証拠に遠く離れた海の向こうで、存分に力を発揮している。

今日は終日内勤の予定で、溜まった書類仕事を片付けていた奏多は、ページをめくる手を止めると窓の外に視線を向けた。

法隆とつき合い始めたときに考えたことがある。

お互いに大人で社会人なのだから、恋愛に浮かれて仕事をおろそかにしない。

同じ職場で責任のある身なのだから、常にけじめを心掛け、スタッフに迷惑をかけない。

初めての恋愛でもないし、経験を積んでいるのだから、それくらいできるはずだ。

しかも相手は法隆で、お互いを知り尽くしている間柄なのだ。

うまくやれるはずだと、そう思っていた。

それなのに、現状はどうだ。独占欲で頭を悩ませてみたり、意地を張って口ゲンカをこじらせてみたり。

恋人になる前にも、些細なケンカをしたことは何度もあるが、あんなに法隆を怒らせたことなどなかった。

今回のことで、つくづく恋愛は頭でするものではないと思い知った気がする。

奏多は遠い場所で頑張っている恋人の姿を思い浮かべながら、決心した。

とにかく法隆が帰国したら、意地を張らないで謝って、冷静に話し合おう。

そして実行できずにいた、指輪をねだって法隆を安心させる作戦をなんとしても決行しよう。

先の展開が見通せたら、心が少し軽くなった気がする。

仕事に戻ろうと書類に目を戻すと、

「暮郷さん！」

いきなりせっぱつまった様子で名前を呼ばれた。

「どうした？」

留守番組のひとりが、足早に奏多のデスクの前へとやって来る。

その勢いに少々怯みながらも返事をすると、スタッフは持っていたスマートフォンを握りしめながら報告した。

「いまイタリアから電話があって、法隆さんが、設置中に負傷したそうです！」

奏多は驚きのあまり、椅子から腰を浮かせていた。

「……法隆が……ケガ？」

「はい。すぐに病院に行ったら、打ち身と捻挫《ねんざ》と診断されたそうで、心配はいらないそうです」

「捻挫……そっか、よかった」

大きなケガではないとわかって、奏多はひとまずほっと安堵した。

だが奏多への定期連絡では、そんな報告はされていない。

「それ、いつの話？」

「……昨日だそうです」

「昨日のことって、オレは聞いてないぞ」

法隆の負傷という重要な件が、奏多の元に届かないなんて、ありえない。

どういうことかと憤っていると、教えてくれたスタッフが、おずおずといった様子で続きを話し始めた。

「あの、法隆さんは『カナには知らせるな』って言っていたそうなんです。だけどこいつが、暮郷さんはあとで知ったら絶対に怒るからって、独断で俺に連絡してきました」

奏多には知らせるなと法隆が口止めしていた。だから定期連絡で報告されなかった。

法隆が痛みを抱えているのに、自分は蚊帳《かや》の外にされたのか。

黙り込んでしまった奏多を訝しんだのか、スタッフがそっとフォローをしてくれた。

「心配をかけたくなかったんじゃないでしょうか」

「そう……かもしれないね。事情はわかったよ。教えてくれてありがとう。向こうにも、こっそりとお礼を言っておいて」

笑いかけながら礼を言うと、スタッフも安心したように笑い返してきた。

「はい。じゃあ、失礼します」

小さく会釈《えしゃく》をして作業に戻る背中を見送って、奏多も続きをしようを書類に視線を落とした。

けれどもいくら読んでも内容が少しも頭に入ってこない。

文字を目で追いながら考えていたのは、当然のように法隆のことだった。

考えれば考えるほど、複雑な心境になる。

心配をかけたくなかったなんて、本当にそんな優しい気遣いなのだろうか。

法隆とは仲違いをしている。未だに奏多のことを怒っていて、心配をされるのも面倒だと思ったのかもしれない。

そうでなければ、実はかまってほしがりの法隆が、ケガなどという緊急事態を教えてこないはずがないのだ。

そこまで疎まれてしまったのだろうか。

苦し紛れの失言を謝らなかったから、仲直りをしようとしなかったから、もう諦められてしまったのだろうか。

絶望的な気分でがっくりとうなだれていると、ふと、飛嶋の言葉を思い出した。

『法隆って、そんなに面倒くさい男なのか？』

奏多への独占欲や執着心を少しも隠さない、面倒くさいところはあるけれど、愛情の示し方はいつでも真っ直ぐな男だ。

なぜいらぬ深読みをして、後ろ向きに考えていたのだろう。

もしも法隆が未だに奏多に対して怒りを覚えていたとしても、法隆ならきっと、怒りも真っ直ぐに伝えてくるのではないだろうか。

どんなことになるのか、考えると怖い気がするから、いまは考えないでおく。

法隆がケガのことを奏多には教えなくていいと言ったのは、きっと、本当に教える必要のないケガだと判断したからじゃないだろうか。

自分なりの答えにたどり着いた奏多は、いますぐに法隆と正解を確かめたくなった。

確か日本とイタリアの時差はマイナス八時間だが、いまはサマータイムの期間なので、マイナス七時間だ。こちらがそろそろ昼休憩になる時刻だから、あちらはまだ早朝だろう。

確実にまだ眠っているだろう法隆を電話でたたき起こしてもいいが、それよりも、もっといい方法がある。

奏多の決断は早かった。

「みんな、いきなりで悪いけど聞いてくれ」

留守番組のスタッフに声をかけながら、奏多は立ち上がった。

一番早く手配できたミラノへの直行便で空を飛び、列車に乗り換えて、ヴェネチアにあるサンタ・ルチア駅に到着した。

迎えに来てくれた出張組のスタッフと合流し、ヴェネチアでの移動手段として一般的な、ヴァポレットと呼ばれる水上バスに乗り込む。

「お疲れさまです、暮郷さん。急に来ることになって驚きました」

「お疲れさま。出迎えありがとう。まあ、ケガしたなんて聞いたら、さすがにね」

あくまでも同僚が心配なのだと装えば、スタッフの彼は微笑みながら、納得したように頷いた。

もちろんそれだけが理由ではないが、嘘でもない。

「本当に軽傷でよかったですよ。外国で入院なんてことになったら一大事ですからね」

「そうだね。それで、早速だけど法隆は？」

「それがですね、じつは……」

はやる気持ちを抑えながら訊ねた奏多は、スタッフの説明に、その形のいい眉をひそめた。

著名なアーティストたちの作品が展示されるヴェネチア国際展覧会は、開催期間中は世界各国からアートが好きな人たちが詰めかける、人気の高い展覧会だ。

会場であるパラッツォ・カヴァッリ＝フランケッティは、カナル・グランデに面するゴシック様式の邸宅で、現在は芸術作品の展示会などが開催される会場として知られている。

そこに法隆秋仁の作品である『メタルとプリズムガラスからなる椅子とテーブル』のセットが展示されるのだ。

シャープなフォルムと、屈折した光が生み出す虹色の光が美しいそれらは、法隆らしい独特の存在感を放ち、見るものを強く引きつける。

そちらは無事に設置を終えたと、数日前に報告を受けていた。

問題は、もうひとつの行き先だった。

スタッフが案内してくれたのは、法隆たちが宿泊しているホテルでも病院でもなかった。

展示会場から程近い場所に設けられた特設会場は、現在、数名のアーティストによって、その姿を変えようとしている。

展覧会とはまた別件の、スペースデザインがメインの展示会に、法隆が誘われたのは知っていた。

新進気鋭と名高いイタリア人の若きアーティストが発起人で、一緒に楽しいことをしようと呼びかけた声は、アメリカ人の旧知のインテリアデザイナーを経て法隆にまで届いた。

入場無料で誰でも気軽に見られるこの催しは、国際展覧会と比べれば、有志のグループ展ほどの規模でしかないが、作品につぎ込んだ情熱では負けていないかもしれない。

予算の見積もりに書かれていた金額には、正直なところ眉をひそめてしまったが、法隆がいつになく楽しそうで、これほど自由な制作はめったにない機会だからと、予算承認の判を押したのだ。

その完成形が披露されるはずの特設会場にたどり着いた奏多は、同行したスタッフを振り向きながら言った。

「法隆はホテルで安静にしてるんじゃなかったのか？」

「その予定なんですけど、でもどうしても自分でやるって言われて。俺たちじゃ止められない人なのはご存知でしょう」

何度も説得したのだと訴えられると、奏多もさすがにそれ以上は責められなくなった。

たしかに法隆は、一度決めてしまうと、他人の意見に耳を貸さなくなる困った男なのだ。

関係者であることを証明するパスを入り口で示して会場内へ入ると、作業中のざわついた空気に包まれた。

ざっと見渡すと、中央の通路を挟んで、十ほどの区画に分かれているのがわかる。

「こちらです」

スタッフの先導で奥へと足を向ける途中には、やたらとカラフルだったり、ひたすら花と緑で埋め尽くされていたりと、多種多様な空間が出来上がりつつあった。

ここに集う人たちの国籍も、言葉も、表現していることも、その方法も様々だったが、創作して見せることが好きだという思いは共通なのだと肌で感じた。

「設置の途中から、法隆さんのスペースは注目を集めていたんです。こちらの参加者は、みなさんがほぼ同年代の方たちばかりで、わりと気安く声を掛け合ったりしていて、雰囲気も良くて。だから法隆さんも、他のスペースに招かれては、よく作業を見に行ったりしていました。勉強になる、励みになるって、楽しそうでしたよ」

「……へえ、そうなんだ」

奏多が見ることのできなかったイタリアでの法隆の様子を、気を利かせているのか話してくれる。

ただ奏多が日本で鬱々と考え込んでいた間、法隆は楽しくて刺激的な毎日を送っていたのかと思うと、少し恨めしい気分になった。

「あの日も、法隆さんは他のスペースに招かれていて。見学している間に、脚立《きゃたつ》で作業をしていた女性が、誤って足を踏み外したんです。そのまま転落したところを法隆さんが気付いて、とっさに助けようとした結果のケガでした。現場が地元のイタリア人のスペースだったので、病院の手配とか、ずいぶんと助かりましたよ」

「そう……だったのか」

「だから、あまり叱らないであげてくださいね」

にっこりと笑いかけられて、奏多は面食らった。

留守番組のスタッフに連絡をしてきたのは、きっとこの男だろう。

「この先が法隆さんのスペースです。俺は向こうでやることがあるので、ここで失礼しますね」

スタッフの言葉に、ぽんと背中を押されたような気がした。

場内に溜まった熱気に当てられつつ歩いていくと、通路にはみ出しながら、床に足を投げ出して座っている法隆の姿を見つけた。サンダルをはいた左の足首には白い包帯が巻かれていて、ケガの状態が伺える。

なにやら手元で熱心に作業をしているようで、奏多の向かう歩みが自然と早足になった。

「法隆っ!」

「……カナ?」

「おまえ、医者に安静にしてろって言われたはずじゃ……」

叱りつつ、なにげなくスペースへと目を向けた奏多は、目に飛び込んできた光景に圧倒されて、呼吸を忘れた。

とにかく衝撃的だった。

天井が高い吹き抜けの真白な空間に、クリスタルガラスの欠片を集めて作られた大樹が天へと長く枝を伸ばし、やがて空へと届いたそれが八方に広がって次第に雨粒の形になり、シャンデリアのようにいっせいに降り注いでいる。

雨粒には仕掛けがあるのか、ときおりキラキラと自ら光を放ちながら揺れていて、大樹の根元から地面に咲いた無数のガラスの花びらに反射していた。

硬質の素材でできているのに柔らかく、透明で色がないのに鮮やかで。

音もなく静謐《せいひつ》でいながら、小鳥のさえずりや川のせせらぎが聞こえてくるような気さえする。

「……綺麗……」

ほうっと吐息のように、胸の奥から湧いてきた感情が、声になってこぼれ落ちた。

もっとなにか、他にも的確で相応しい言葉はあるはずなのに、ただそれしか出てこない。

だが床に座ったまま見上げて来る法隆には、それで十分だったようだ。

「ありがとう。カナに褒めてもらえるのが、一番嬉しい」

どこか面映《おもは》ゆそうに、嬉しそうにしながら、じっとこちらを見あげてくる。

奏多は法隆の傍に膝をつくと、真っ直ぐに目の前の瞳を覗き込んだ。

「……ケガのこと、オレには教えなくていいって言ったのは、教えるほどのケガじゃないと思ったからなのか？」

「なんだそこまでバレてるのか。まあ、ただの捻挫だったし、ちょっと痛む程度だからな。騒ぐほどのことじゃない。でも、どうしてそんなことを聞くんだ？」

不思議そうに見上げる法隆は、奏多が期待していた通りの答えを貰えて安心しているなんて、きっと知らない。

「答え合わせだよ」

「答え合わせ？」

「そう。それから……謝らせてくれ」

ここまで飛んで来た勢いも、法隆の顔を見たせいか落ち着いてしまい、忘れていた気まずさが甦ってくる。

だが今度こそ、伝える言葉を間違えてはいけない。

「……ひどいこと言ってごめん。まだ怒ってるか？」

不用意な言葉で傷つけたことを謝ると、不意を突かれたのか、軽く目を見開いて固まっていた法隆が、ニヤリと意味深な笑みを浮かべた。

「怒ってはいない。けど、いまはとにかく、カナに会えて嬉しい」

「法隆っ」

あの夜の冷たい怒りが凄まじかっただけに、ほっと奏多から力が抜ける。すると……。

「カナ」

大きな手のひらに後頭部をつかまれ、顔を寄せてきた法隆に、いきなり唇を奪われていた。

久しぶりに触れた唇は、少し乾燥ぎみでかさついていて、けれどもとても温かい。

すぐに離れてしまったのが物足りない気分で法隆を見つめ返すと、どこからか囃《はや》し立てるような口笛が聞こえてくる。

「えっ」

ここが大勢の人が行きかう場所だということを、すっかり忘れていた。

激しい羞恥に襲われた奏多は、とっさに逃げようとした。

「あっ、ちょっ……法隆っ！」

けれども急いで離れるどころか、座ったままの法隆に中腰の姿勢で引き寄せられ、腰に腕を回される。

「バカっ、離せ！」

「あー……ずっとカナに触れたかった。やっと触れた」

いくらここが外国でも、これ以上の恥はかきたくない。そう思うのに、胸のあたりに額をすりつけて甘えられたら、たまらない気持ちになった。

触れたかったのは奏多も同じだ。離れてみて余計に思い知った。

法隆の髪をそっと撫でながら、奏多はそっとささやいた。

「ねえ、法隆」

「うん？」

「オレたちは、ちゃんと話し合ったほうがいいと思う。法隆も、きっと我慢してオレに言わなかったことがあるだろう？」

互いに歩み寄る方法を提案すると、胸元でちらりと顔を上げた法隆が、なにかを確かめるような目を向けてくる。

「俺の想い、全部受け止めてくれんの？」

「……えーと、できれば、程々にしてくれると助かるんだけど」

「それじゃあダメだ。全然たりない。俺を全部受け止めるって、約束しろよ」

覚悟を決めろと強い瞳で煽《あお》られて、奏多は勝手に頬が熱くなってしまうのを自覚した。

「なんでおまえが上から目線なんだよ」

軽く頭を叩いてやると、痛いと言いつつ法隆が笑っている。

覚悟など、本当はとっくに決まっている。

「とにかく場所を変えよう。ここじゃ落ちつかない」

「そうだな、さすがになにもできない」

「なにもって、話し合いだろ」

おかしなことを言うと笑いながら、奏多は法隆に手を貸して一緒に立ち上がった。


特設会場からふたりが移動したのは、サンタ・ルチア駅から楽に歩ける距離にある、ホテル・アッバツィアだった。

古い修道院をエレガントに改装したホテルで、バーのある中庭では、テントの日陰に置かれたソファで寛いだ時間を過ごすことができる。

けれども奏多は、美しい調度品や伝統的な床張りを見て楽しむ余裕もなく、足早に手を引かれ、法隆が宿泊している二階の部屋まで連れてこられた。

「法隆っ、そんなに早く歩いて大丈夫なのか」

包帯が巻かれた足首は、見るからに痛々しかったのに、まるでケガなどしていないような速さだ。

「言っただろう、大したことないって」

カギを開けた法隆に背中を押され、先に中へ押し込まれたそこはスーペリオールルームだった。

壁紙の清潔な白さと、ラージダブルベッドのカバーの淡い水色との対比が美しく、とても上品で落ち着いた印象を受ける。

勢いでここまで飛んで来た奏多は、本当に自分は外国にいるのだと、ようやく実感がわいてきた。

あんなに公私混同はしないと決めていたのに、蓋を開けてみればこの様だ。

部屋の隅に置かれたサムソナイトのスーツケースと、椅子の背にかけられた見慣れたシャツ。

そこに法隆の存在を見つけただけで、知っている場所のように、ほっとした気分になるのだから、本当に救いようがないと思う。

奏多も荷物を並べて置いたら、背後から伸びてきた腕に腰を抱かれた。

振り向いたら指で顎をすくわれ、逃げる間もなく深いキスで唇を塞がれる。

久しぶりなのに最初から荒っぽいキスを仕掛けられて、始めは戸惑っていた奏多も、すぐに夢中になった。

必死に応えていると、ぐらりと身体が傾いで、

「わっ！」

どさっと背中からベッドに倒れこむ。

驚いてドキドキしながら目を開けると、いつの間にかキスを解いていた法隆が足元にいた。

奏多の足を抱え上げ、靴を脱がせてベッドの下に落とす。

仕事を終えた法隆の手が、次にブルーグレーのチノパンに包まれた奏多のふくらはぎを摑み、太股を上がってきて、腰までたどり着く。

着ていたサマーセーターの裾をたくし上げられたところで、奏多は我に返った。

「えっ、ちょっと待って」

セーターを摑んだ手を押しとどめると、見上げた法隆の顔には、はっきりと不満と書いてある。

「お互いに本音を話し合うんだろ」

「話はあとでもできる」

「それにまだ昼間だし」

「夜まで待てるか」

続行しようとする法隆と、脱がされたら負けだと悟った奏多の間で、静かな攻防が始まった。

「オレ、さっきイタリアに着いたばかりなんだぞ？」

「優しくする。できるだけ……努力はする」

この状況での約束などあてにならないと、奏多は知っている。

さっきは久しぶりのキスで流されそうになったが、なし崩しになるのは嫌だった。

「再会してすぐにこれじゃ、身体で誤魔化されるみたいで嫌だ。ちゃんと話をして、シャワーで旅の疲れを流してからにしよう。そのときは逃げないから」

そうでないと受け入れることなどできないと呟くと、法隆はしぶしぶと身体を起こした。ただしサマーセーターの裾はつかんだままで。

「……わかった。それならシャワーだけ譲ってやる。でも話し合いはあとだ。帰るまで抱けないと思ってたおまえがこうして目の前にいるのに、我慢できるか」

欲の混じった熱い視線を向けられて、奏多の頬もじわりと熱くなる。

「それとも、一緒に浴びるか？」

いまはとにかく奏多に触れたいのだと、法隆は少しも譲らない。

「……スタッフたちが、法隆を探しに来るかも」

なんとか気を逸らそうと、展示会場では姿を見かけなかったスタッフのことを訊いてみた。

「みんなミラノだ」

「えっ？」

「設置もあらかた終わったから、前倒しで休暇中だ」

「じゃあ戻ってきたら、夕食に誘われるかもしれないし」

「ついでにあっちで食べてくるそうだ」

気を遣って戻って来たとしても、ドアをノックして応答がなければ諦めるだろう。

「カナ、いい加減に焦らすのはやめろ」

「べつに焦らしてない」

追い込まれたのを認めたくなくて、奏多はサマーセーターを押さえる力を強めた。

法隆と抱き合うのが嫌なわけじゃない。

むしろ身体が勝手に期待して、じわりと体温が上がっているのがわかる。

けれども素直に身を委ねる前に、どうしても解決しておきたいことがあるのだ。

不用意なひと言で、法隆にあれほど冷たい怒りをまとわせたことを、奏多は悔やんでいる。

だが本音を言えば、あそこまで怒らせるようなひどい言葉だったのか疑問なのだ。

あのときの法隆の気持ちを訊きたかった。

法隆がなにを考えていたのか。なにがあれだけの怒りに繫がったのか。

答えは法隆しか持っていないのだから、確かめるには話してもらうしかない。

抱き合うことで仲直りをした気分になって、そのままうやむやに流してしまいたくないのだ。

そう考えているうちに、とうとうしびれを切らした法隆が、焦れたように瞳を細めた。

「あんまり意地を張ってると、ぐずぐずに蕩けるまでキスしてから、このままやるぞ」

甘嚙みした唇に軽く歯を立てられて、奏多の肩が、びくりと跳ねる。

法隆はやると言ったらやる。

そういう男だと、誰より奏多がよく知っている。

気持ちを落ち着かせるために深呼吸をした奏多は、法隆の宣言を実行に移される前に、自分なりの意地を通すほうを選んだ。

「じゃあ、ひとつだけ教えて」

「……いいよ」

「なんであんなに怒ったの？」

真っ直ぐに瞳を見つめながら尋ねると、途端に法隆の眉間に、ぎゅっと深いしわが寄る。

凶悪なオーラまで漂わせていて、また怒らせてしまったのだと奏多は身を竦ませた。

「まったく、おまえは」

「いたっ」

額を指先で軽く弾かれる。反射的に弾かれたところに手を当てたせいで、セーターの裾を離してしまったけれど、法隆も動かなかった。

「頭はいいのに、なんでそんなに鈍いのか不思議だわ」

ため息交じりの声音は呆れていた。

「おまえに『恋人にならなければよかった』って言われたんだぞ。あれは頭に隕石が直撃したかと思うくらいのダメージだった。本気で先に天国へ行ってやろうかと思ったくらいだ」

「ちょっと待て、ひどいことを言ったオレが悪いのは本当だし、何度でも謝るけど、でも天国とかそこまで考えるほどのことじゃないだろ」

それは少し大袈裟ではないかと思い反論すると、法隆に無言で睨まれた。

「えっ……？　ことじゃ……ないよな？」

「……あのなあ、俺がおまえをどれだけ熱愛してるか、ちゃんと自覚してくれ。頼むから」

ダメな子供に言い聞かせるようにされると、さすがに奏多も反発したくなる。

「でも、以前はそんなふうじゃなかっただろ」

お互いに別の相手がいたこともあったし、滅多に会わない時期もあった。

そう言うと法隆は、そこから躓《つまづ》いてるのかと、ため息をつきながら額に手を当てた。

「それは幼なじみだったからだろ。だがいまは違う。俺はカナのもので、カナの全部は俺のものだ。違うか？」

「……違わない」

「よし。それでだな、俺はカナに捨てられたら、きっと生きられない」

「なんでだよ、そこは生きろよ」

「無理だ」

「だからなんでっ……」

「カナが俺をそういうふうにしたから」

静かな声音だった。

冗談でもからかうのでもなく、ただそうなのだと告げた法隆は、とても清らかな瞳をしていた。

「カナが作ったものを食べて、同じものを見て、聞いて、同じ時間を過ごして、カナの声が導く方へ歩いている。触れて、飲み込んで、与えられる。ここにいる俺は、カナが作ってくれた俺だから、カナがいなくなったら、きっと動けなくなる。俺という形はあったとしても、中身が止まる。いまの俺にとってカナはそういう存在だから。ちゃんと覚えておいてくれ」

「……法隆っ」

それはとても濃密で、下手をすると押し潰されそうなほど重い感情かもしれないが、当たり前のように納得している自分がいた。

法隆は恋人になったからだと言ったが、その片鱗《へんりん》はもっと以前からあったように思う。

当たり前だったことを、いまになって強く意識しただけで、法隆は変わらず通常モードだという飛嶋の証言もある。

ついでに独占欲の理由もわかってしまった。

他の人間に靡く心配とか、奏多を信用していないとかではなく、ただの執着心だったのだ。

奏多が深読みして難しくしていただけで、理由はとても単純なものだった。

「カナ、さっき俺は『怒ってはいない』と答えたよな」

先ほどの展示会場で、奏多が『まだ怒っているか』と尋ねたその返事のことだ。だから安心したのだと思いだしながら、奏多は頷く。

「怒ってはいない。だが心の傷が治ってない。癒してくれるか？」

大人しくしていた法隆の手が、意味ありげに奏多の足に触れ、太股を撫でてくる。

「……どうすればいい？」

「じゃあ、いますぐシャワーを浴びてくるか、そのまま服を脱ぐか選んで」

奏多の瞳を間近に覗き込もうと、法隆が身を屈めた動きで、ベッドがギシリと軋《きし》む。

「わかった。ちょっと待ってろ」

身体を起こした奏多は、ついでに法隆の頬にキスをした。

「早く出てこいよ」

まだ荷物を解いていないので、目についた法隆のシャツを借りて、奏多はバスルームに入った。

待ちきれないのか、ドアの向こうから早くしろと催促されながら、ガラスで仕切られたシャワーブースで温かな湯を浴びる。

法隆のシャツだけ羽織ってドアを開けると、待ち構えていた法隆につかまった。

シャツはすぐに邪魔だとはぎとられ、再びベッドの上に横たわると、両脇に手をついた法隆が上から見下ろしてくる。

少しばかりお預けをしたせいか、熱っぽさを増した視線が、舐めるように身体の隅々までたどるから、奏多は恥ずかしさに耐えられなくなった。

「そんなに見るな」

視線から逃げたくて身をよじると、法隆が、くすっと笑みをこぼす。

「なんでそんなに緊張してるんだ」

そんなことを訊かれても、自分でもよくわからない。

知らないと顔をそむけると、耳元に音をたててキスをされた。

「まあ、久しぶりだからな」

そのまま唇は奏多のうなじをついばみ、首筋から肩先の白い肌に赤い跡を残す。

「俺も同じだ」

「……なにが？」

「余裕がない」

太股を押し上げる力強い手のひらが、驚くほど熱い。

「だから、先にカナのなかへ入らせて」

それからの法隆は、性急に事を進めてきた。

普段の丁寧な愛撫からは考えられないほど早く、指先で足の間の奥に触れてくる。

「やっぱり固くなってるな。長く離れる前にケンカなんかするんじゃなかった」

長期出張の前に仲違いをしたので、もう二十日近く肌を合わせていない。

「少しだけ我慢な」

抱えた太股を開き、腰を高く上げさせられた奏多は、耳まで赤くなった。

「法隆っ」

法隆の前にすべてさらけだすこの姿勢は恥ずかしく、押さえつけられていいようにされる屈辱もあって、奏多は特に苦手だと知っているはずなのに。

「カナのここが、早く柔らかくなればいいんだよ」

法隆は慎ましく閉じているそこを指の腹でひと撫ですると、舌を這わせてきた。

敏感な部分にぬるりと柔らかいものが這い回り、背筋がぞくりと震える。

「それっ……舐めるの……やあっ」

たっぷりと唾液で濡らされ、少し綻《ほころ》んできたところに指が入ってくる。

いつもより指が引っかかる気がするし、痛みも感じるし、ちっともよくない。

「なんでそこばっかり……法隆のバカっ」

愛撫で身体を蕩かされ、思考まで快楽に溶かされていたからわからなかった。後ろへの愛撫は、とにかく法隆を受け入れるための準備なのだと。

ひたすら一か所をいじられ続け、散々舐めて解されて、どうにか法隆の指が三本くらい入るようになって、ようやく法隆が顔を上げた。

勝手に潤んでくる目で睨むと、法隆は少し困ったような、でも嬉しそうな顔をして奏多の頬に触れてくる。

「泣くほどイヤだったか、ごめん」

「謝るくらいなら最初からするなっ」

「怒ってるカナも可愛いな」

足を抱えられ、やわらかくなったそこに固いものが当たる。

「でも、どうしてもここに入りたかった」

本当にそのまま入れる気なのだとわかって、じわりと込み上げてきた滴を手の甲で拭っていると、耳元で呼ばれた。

「カナ」

「……なんだよ」

「先に謝っておく。ゴムがないから、このまま入れるぞ」

「……えっ？　う、そ……って、あっ、待って……って、ああっ」

しつこく解されたせいで、予告通りに深々と奥まで入ってきた法隆のそれは、薄い隔たりがないだけで、いつもよりもっとずっと熱く感じる。

「……っ、カナっ、きつすぎ……っ、はあっ、ようやく落ち着いた」

満腹な肉食獣みたいに目を細めて微笑んだ法隆は、奏多の背中とシーツの間に腕を入れると、胸に強く抱き寄せた。

ぴったりと肌が重なる心地よさに、奏多も法隆の背中を抱きしめ返す。

「あー……こうしてカナのなかにいると、安心する」

満足してくれるのは嬉しいが、裸で抱き合っているのに、まったりと安心されるというのも複雑な心境だった。

「……オレはドキドキされるほうが嬉しい」

「もちろんドキドキもしてるだろ、ほら」

もっと身体が密着すると、胸のあたりから、法隆の早い鼓動が確かに伝わってくる。

触れ合って、深いところで繋がって。

誰よりも自分が一番相手の近くにいると実感できるのは、確かに胸が安心感で満たされる。

「そういや、なんでゴムがないんだよ」

「カナが同行しないのに、そんなもの持ち歩くわけないだろ」

「……そっか。そうだよな」

あっさりした答えだが、正論だと奏多は納得した。

「もしかしたら、プレイの一環なのかと、ちょっと思った」

「おいおいカナ……」

「だってなんかいつもよりも存在感がすごいし、熱いのを直接感じると言うか……って、法隆？　なんだよおまえ、どうしたんだよもうっ」

いきなり胸にぐりぐりと額を押しつけられて、奏多は何事かと戸惑った。

「無意識だってわかってる。でも俺的においしいのいただきました。うわーって気持ちが昂っただけだから気にするな。ぜんぶカナのせいだけどな」

「なに言ってるの？」

「こうしているだけでも気持ちいいけど」

「うあっ」

いきなり法隆の腰がゆらりと動いて、中の弱いところを擦られた奏多は、甘い声をあげる。

「そろそろ、俺の熱いのでもっと感じてもらおうか」

「バっ……カ、なに、あっ、やっ、なんで、いきなりっ」

法隆は大きな動きで奏多を揺さぶり始めた。

弱いところを確実に攻められて、快感が波のようにおしよせてくる。

「カナも……すごく熱い。このまま、ずっと入れてたら、俺の、溶けて、なくなりそうっ」

動きに合わせて途切れる声は興奮で上ずっていて、法隆が得ている快感の深さを垣間見せる。

「もっ、バカぁ……っあ……っ」

「うわっ、急に締めるな」

小刻みな律動で高みへと押し上げられて、奏多は耐え切れずに大きく背中をのけぞらせた。

震えながら欲望を解放したとき、強く腰を打ちつけた法隆が、奥を濡らしたのがわかって。

一緒に達することができたのだと微笑みながら、奏多はぐったりとして目を閉じた。


仲違いをしたあとだからというわけではないが、一回では物足りなくて、久しぶりに容赦なく抱かれた奏多は、翌日はベッドから起き上がれなくなっていた。

同じく行為の最中は夢中で忘れていたけれど、酷使したせいで、法隆の捻挫も悪化している。

横になってごろごろしながら休んでいる奏多の隣で、法隆はヘッドボードに背中からもたれ、痛む足を無造作にシーツの上に投げ出している。

枕を胸に抱いて仰向けになった奏多は、ぽつりと呟いた。

「……せっかくイタリアまで来たのに、なにをやってるんだろうな」

呟いた声は、ひどくかすれている。

出張組のスタッフたちには、奏多の到着を知られているのに、まったく顔を合わせていない。

時差ボケで具合が悪いことにしたら、とても心配されてしまい、栄養ドリンクやチョコレートなどの差し入れまで届いて、嘘をついたことが心苦しくなってしまった。

法隆のケガの具合も軽症だったし、せっかくだから観光もしたかった。

けれども奏多は残念なことに、明日のフライトで帰国する予定なのだ。

「法隆、水が欲しい」

「ほら」

ねだると法隆がミネラルウォーターのペットボトルを手渡してくれる。

ゆっくりと身体を起こし、支えてくれる腕にもたれながら、ぬるい水を飲む。

「ありがとう。はあっ……ちょっとましになった」

喉が潤ったせいで、痛みが少し和らいだ気がする。

「本当に明日帰るのか？」

膝の上で現地の雑誌を広げていた法隆が、心配が半分、不満が半分といった顔で訊ねてくる。

「帰るよ。そんなに事務所を留守にできないし」

「帰れるのか？　そんな調子で」

雑誌を脇に置き、身体を屈めた法隆の目的は、奏多のこめかみへのキスだった。

「大丈夫だよ……たぶん」

くすぐったいと肩を竦める間に、頬や耳たぶにも触れてくる。

ひとしきり悪戯《いたずら》されて、心がほわっと満たされるが、明日にはフライトで、狭い座席に長時間も座ることを考えると、いまから疲れてくる。

「どうしても延長は無理だから、諦めろ」

期日を他へずらせない案件があって、奏多が欠席するわけにはいかないのだ。

「帰る前に、もう一度見ておかないとな」

「なにを？」

「法隆のスペースデザイン。そういや聞いてなかったけど、あれのテーマって、なに？」

訊ねると、法隆はなぜか急に視線をそらした。

「展示会共通のテーマは、日本語だと『誇り』だな」

「共通のってことは、他に裏テーマがあるんだろ。おまえ、好きだもんね、そういうの」

隠さないで教えてほしいとねだると、法隆は捻挫をしていないほうの膝を立てて、なぜか顔を伏せてしまう。

「……えっ、どうしたの、そんなに変なテーマだったりするのか？」

「カナ」

「はい？」

「だから、カナだよ」

「えっ？」

意味が分からなくてきょとんとしていると、少しだけ顔を上げた法隆が、うっすらと目じりを赤く染めながら言った。

「あれは俺のなかにある『カナ』だ」

法隆のなかにある『奏多』を、法隆の手によって形にしたもの。

あのため息が出るほど眩《まばゆ》くて綺麗な空間がそうなのだと告げられて、ひたひたと胸に満ちていくのは、喜びだ。

「……オレ……なの？」

透明で硬質なクリスタルの大樹。煌めく雫。一面に咲く花びら。風。息吹。射す光。巡る命。

「法隆のなかのオレって……あんなに清らかで綺麗なのか」

「あれを見て、カナがそう感じたなら、そうなんだろうな」

法隆は自分が手掛けた作品に、言葉は必要ないと言う。感じたもの、伝わったものがすべてで、製作者の思惑を後付けする必要はないというのが主義なのだ。

その代わりに法隆の作品は多弁で、たくさんの想いを見るものに呼び起こさせる。

奏多はゆっくりと身体を起こすと、法隆の傍へにじり寄った。

そっと寄り添うと、背中を抱いて引き寄せ、胸にもたれさせてくれる。

「すごく嬉しい。それしか言葉が見つからない」

「惚れ直したか？」

「うん」

「俺はカナのせいでダメな男になっていたか？」

「……えっ？」

奏多は弾かれたように顔を上げた。

それは仲違いをしたあの日に、確かに奏多が言ったことだ。

公私混同をさせる原因が自分だと思い込み、ひどい言葉を法隆にぶつけた。

「いいや、なってない。いまでも法隆はオレの希望だ」

ぎゅっと胸に抱きつきながら、首を横に振る。

「……よかった。言い訳をするより、見せつけたほうが確実だからな。あんなこと二度と言わせたくなかったから、いつもより気合い入れたぞ」

「法隆……っ」

「ちょっと待ってろ」

奏多を置いてベッドを下りた法隆が、スーツケースから小さな赤い箱を取って戻って来る。

そして奏多の左手を取って、手のひらの上に乗せた。

「カナに受け取ってほしい」

「これは……？」

箱の蓋に描かれた金色のロゴは、奏多も知っている有名なハイジュエリーブランドだ。

戸惑いながら、開けていいのかと目線で問えば、頷きが返ってくる。

緊張しながら蓋を開けると、小箱のなかには、ひと回り小さなリングケースが入っていた。

この大きさと重さ。そして誕生日でもないのに、めったに買わない装飾品をプレゼントしてくることの意味。

なんとなく察しがついた奏多がちらりと目線を上げると、そわそわしながらこちらの様子を窺っていた法隆と目が合った。

「……法隆、これって」

「見ればわかる」

開けてみてくれと促されて、そっと蓋を持ち上げると、ビロードの布地の上に、ダイヤモンドがぐるりとはめ込まれたフルエタニティのプラチナリングが収まっていた。

「……うわ…っ」

もしかしたら指輪なのではと想像はついていたけれど、まさかこんなに本格的な品だとは思ってもみなかった。

「なんで……？」

「これを薬指にはめたら、『はい』と頷いて、一緒に新居を探してくれ」

まるで作品と向き合うときのような、ひどく真剣なまなざしで。

「恋人なんて繋がりじゃまだ生ぬるい。カナ、俺と結婚してくれ」

法隆は一途な愛情を奏多へ差しだしてきた。

どうか受け取ってほしいと、永遠と名の付くリングに込めて。

想像もしたことのなかった状況に驚いたせいか、奏多の身体は小さく震えていた。

法隆の顔とリングを何度も見比べていると、なかなか返事をしない奏多に焦れたのか、リングケースをいったんシーツの上に置いて、空いた両手をぎゅっと握りしめてくる。

「カナ、『はい』と言え」

握った指先にキスをしながら、それ以外の返事は聞かないと強気でねだる。

「法隆」

「おう」

「プロポーズのときは、大きな宝石がついてるほうを渡すんじゃないの？」

想定外の返事だったのか、法隆は瞬きをするのも忘れてしばらく固まってしまった。

そしてようやく再起動したかと思うと、

「わかった。帰ったら一緒に買いに行こう。そうしたらもう一度仕切り直す」

シーツの上のリングケースを、そっと手のなかにしまい込んでしまう。

へこんだ空気がありありと伝わってきて、でもそんな法隆も愛しいとか、可愛いとか思ってしまう奏多は、とっくに答えを決めている。

照れ隠しのつもりが意地悪な返事になってしまったと心のなかで謝って、法隆を引き止めた。

「ごめん、そんなつもりじゃなかった。よかったら法隆がはめてくれる？」

左手を射し出すと、リングは法隆の指で、奏多の左手の薬指へと収まった。

「すごい、サイズがぴったりだ」

「当然だろ」

誇らしげに言った法隆の頬が、ほんの少し赤くなっているのは、もしかすると照れているのかもしれない。

目の前に手を掲げてみると、リングが光を反射してキラリと光る。

この小さな輝きが、こんなにも心を幸せで満たしてくれるとは知らなかった。

「法隆の指輪は？　一緒に買ってるよね？」

「ああ、俺のは……」

法隆は再びスーツケースの中を探ると、むき出しのリングを奏多に手渡してきた。

「デザインが違う」

それはシンプルなフォルムで、厚みの柔らかなカーブが美しいプラチナリングだった。

「店員には揃いのものを勧められたが、それじゃ悪目立ちするからな」

「オレがはめてもいい？」

左手を貸せと手を伸ばすと、法隆が真面目な顔で確認してくる。

「……いいのか？　俺はまだ返事をもらってないんだが」

「断られると思ってないだろ」

「それは……万が一ということもあるからな」

「いいから貸して」

強引に左手を取って、法隆の薬指にリングをはめていく。

まるで結婚式の指輪の交換みたいだと思ったら、いままさに尊い儀式を執り行っているような気分になってきて、ドキドキと心臓が高鳴り始めた。

「はめただけなのに、緊張した」

法隆の指におさまった銀色のリングを見つめながら微笑むと、

「カナっ」

いきなり法隆に抱きしめられた。

ぎゅっと痛いほどの強さは、そのまま奏多への想いの強さのように感じて、奏多も法隆の背中を抱きしめ返す。

旅先のホテルのベッドの上で。

ひとりは愛され疲れの体調不良で、もうひとりは捻挫が悪化して安静中で。

少しもロマンチックなシチュエーションではないけれど、それも自分たちらしくていいと思う。

これからも互いの想いを積み重ね、共に歩いて行くだけだ。

「なあ、法隆」

しがみつく広い背中を突いても、未だ感激しているらしい法隆は、まったく離れようとしない。

「返事、しなくていいの?」

くすっと笑いながら尋ねると、急いで腕を解いた法隆が、奏多の顔を覗き込んできた。

「返事は『はい』しか受け取らない」

リングを受け取った時点で、はいと言ったのも同然なのだが、法隆は万が一を心配しているのか、少しだけ不安そうだ。

愛したがりで寂しがりやの優しい男が、愛しくて仕方がない。

「法隆、愛してる」

唇へのキスまでサービスして、めったに告げたことのない愛のセリフを自分なりの返事にすると、次の瞬間には、シーツの上に押し倒されていた。

「いまそれを言うのは狡《ずる》いだろ」

「気に入らなかった？」

「バカ、明日のフライトはキャンセルだ。覚悟しろよ、絶対に離してやれない」

煽られて我慢ができなくなったのは奏多のせいだと、まだ昨夜の余韻が残る肌に、熱い手のひらが触れてくる。

あれだけ頑なに拒んでいた公私混同だが、今回ばかりは特別に認めることにした。

奏多だって羽目を外したくなるときがあるのだ。

それで支障が出たとしても、倍の仕事で挽回みせる。

「……いいよ。でも、先にキャンセルの連絡を、しておかないと」

ついばむようなキスを名残惜しげに解いた法隆が、ベッドの隅に置かれていたスマートフォンに手を伸ばす。

奏多の気が変わらないうちに、気がかりの原因は急いで片付けられた。

いい大人で、れっきとした社会人なのだから、恋愛にかまけて浮かれてばかりもいられないと思っていた。

だけど大人でも、仕事よりも恋心を優先させたい瞬間があるのだと知った。

すべてを投げ出してでも抱き合いたいと感じられる相手がいることは、とても幸せなことだ。

法隆を受け止めるために伸ばした左手には、愛情の証が銀色に光っていた。

その男の素顔は。

あと数日で、今年最後の月を迎えるという日の早朝のこと。

自宅マンションのエントランスホールを通り抜けた法隆秋仁《ほうりゅうあきひと》が、事務所へ出勤するために正面玄関の自動ドアを出ると、数人の男たちが待ち構えていた。

「おはようございます、法隆さん。今日も一日よろしくお願いします」

「……おはようございます。本当に毎日いらっしゃるんですね」

仕事用に身につけた作り笑いで挨拶《あいさつ》を返す間にも、すでに肩乗せサイズのビデオカメラが向けられていて、撮影が始まっている。

フレームから外れた頭上には、音声を拾うためのマイクが掲げられ、それらが法隆の移動に合わせてぞろぞろとついて来る。

なんだか芸能人にでもなった気分だと、法隆はげんなりとする内心を、澄ました表情の下に綺麗《きれい》に隠した。

「きょうはどちらへ？」

「事務所へ行って、それからですね」

確認しなければ予定があやふやなのを、曖昧《あいまい》にごまかす。

このところ師走《しわす》に向けて仕事の納期がいくつも重なっているのが現状で、すでに法隆は自分で把握《はあく》するのを放棄《ほうき》していた。

自分がわかっていなくても、優秀なパートナーが取り仕切ってくれるので、なにも問題はない。

彼の言うとおりにしていれば、物事は必ずうまく流れていくのだ。

通い始めてそろそろ五年になる事務所に徒歩で到着すると、撮影はいったんそこで終了。

撮影クルーは、こちらが待機場所にと提供した、玄関フロアの端にあるソファセットに機材を下ろした。

「すみませんね、落ち着かないところで待たせちゃって」

「いえいえ、慣れてますから。お気遣いなく」

ここの隣の応接室は、来客時に備えて空けておかなければならないし、ミーティングルームは法隆が試作品の製作で使用中なので、他人がいたら作業にならない。

事務所スタッフもいる作業室は、それこそ公式発表前の企画が溢《あふ》れていて、部外者を立ち入らせることができない。

それと単純に、撮影クルー全員に常時詰めていられたら、部屋が狭くなって困るのもある。

書類の保管庫を兼ねた税理士の個室もあるが、そこは問題外だ。

それらの事情を踏まえたうえで決まったのが、玄関フロアの使用なのだった。

「それじゃあ、予定が決まったら声をかけます」

「お願いします」


その男の素顔は。

法隆はクルーと別れ、厚手の銀灰色のジャケットを脱ぎながら応接室へと向かった。

ノックもしないでドアを開け、室内にいた人の姿を目にした途端に、あからさまなほど表情を和《やわ》らげる。

「カナ」

法隆がイタリアの家具ブランドとコラボレーションしたソファに座り、手にしたコピー用紙の束をめくりながら待っていたのは、法隆の仕事のパートナーであり、いまでは人生のパートナーとなった暮郷奏多《くれさとかなた》だ。

公私ともになくてはならない存在で、法隆が左手の薬指にはめるようになった指輪の、もう片方の持ち主でもある。

「お疲れ。早速だけど、今日の予定を確認するぞ」

ほんの一時間ほど前に自宅にいたときとは違い、すっかり仕事モードの恋人に促《うなが》されて、法隆は二人掛けのソファに奏多と並んで座った。

「……なんでわざわざ隣に座るんだよ」

奏多が不満そうに顔をしかめる。

職場での公私混同を嫌うのを知っているので、いつもならこの時点で引き下がるのだが、今朝も撮影クルーを大勢引き連れての出勤に疲れを感じていた法隆は、癒しを求めていた。

その男の素顔は。


「ふたりきりだから、いいだろ」

「よくない。カメラが入ってるんだぞ。うっかり撮られでもしたらどうする」

「事務所内では無断で撮らない。カナにカメラを向けない。それが条件だから心配するな」

密着取材を受けると決まったときから、いつも以上に神経を尖らせていた奏多のために、法隆は番組側にいくつか要望をだしている。

そのなかに含まれているのが、情報管理の徹底と、暮郷奏多の撮影禁止。もしくは映り込んでしまった映像の流出禁止だった。

法隆の心情としては、止むを得ない事情のときはともかく、奏多の姿を全国ネットで流すのは我慢ならない。宝物は見せびらかすよりも、ひとりで大事に愛でたいタイプなのだ。

一方、奏多はというと、地味に裏方に徹することで、法隆との関係に余計な波風が立たないように自衛できると考えたようだ。

ふたりの意見が一致したので、事務所スタッフにも協力を仰ぎ、番組側に承知してもらった。

鑑賞に値する整った容姿を持ち、なおかつ共同経営者というエピソード的にもおいしい立ち位置にいる奏多を、取材禁止にされるのは惜しいと、番組側からは条件の緩和を申し込まれたが、頑として法隆が許可しなかった。

おかげでふたりは別行動が続き、朝の出勤デートも取材が終わるまではお預けの状態だ。

「それに今夜は徹夜仕事で帰れないから、できるときにカナを補充しておきたい」

甘えるようにゆるく抱きしめると、意外なことに抵抗されなかった。

腕のなかで大人しくしている奏多にいけると踏んで、あらためて抱きしめ直すと、ふたり分の体重を受けたソファの白いレザーが引きつれる音をたてる。

「ちゃんと覚えてたんだな、青山《あおやま》のディスプレイ」

「当然。カナとの愛の巣に帰れない日だぞ、嫌でも覚える」

今夜は、ふたりが座るこのソファを取り扱っている家具ブランドの青山本店で、店内ディスプレイをクリスマスシーズンに変更する予定になっている。

閉店後から作業に取り掛かり、店休日を一日挟んだ翌々日の開店時間までに、すべての設置を終わらせなくてはならないのだ。

通常の店内が、一日にしてクリスマス一色に染めあげられる。

そんな魔法をかけるために、事務所のスタッフも総出で、毎年かなりの労力を費やしていた。

「事務所を閉めたら差し入れを持って行くよ。オレにも手伝えることがあるだろうし」

「カナも忙しくてオーバーワーク気味だろ。現場のことは心配しなくていいから、ちゃんと休め」

体調を気遣って言ったのだが、奏多に、くすっと笑われた。

「去年は、なにがなんでも顔を見せに来いって、あんなにうるさかったのに」

「……そんなことがあったか？　忘れたな」

このままこうして他愛もない思い出話に花を咲かせていたいところだが、時間がそれを許してくれない。

「ほら、まだ予定の確認が終わってないだろ」

先にひとりで仕事モードに戻ってしまった奏多を抱いたまま、法隆はしみじみと呟《つぶや》いた。

「……早く取材、終わんねーかな」

「おまえが依頼を受けるって決めたんだろ」

「そうだけど、まさか他人にずっと張り付かれるのが、こんなにストレスになるとは思わなかったんだよ」

「それはおまえが、クルーの皆さんに心を開いていないからだ。言われたぞ、かなりガードが固い人ですねって」

確かに奏多の言うとおりだ。

仕事の現場や遊び場で、表面的な友好関係を築くのは得意だが、内面をさらすような深いつき合いが苦手なのは自覚している。

クルーが撮りたいと求めているのは内面のほうなので、自然と法隆も踏み込ませないように警戒してしまうのだろう。


その男の素顔は。

「……仕方ない。ガードを緩めるよう意識してみるか」

「いいや、おまえはそのまま、いつも通りにしていればいい。ガードの固い対象者から欲しいものを引き出すのが、あちらの仕事なんだから」

おまえが媚《こ》びる必要はないのだと、強い瞳に守られて、法隆は心と身体が浄化されたように楽になっていくのを感じた。

「うわ……カナ、男前。惚れ直したわ」

「そりゃどうも。いいから、とっとと確認。始めるぞ」

現状の説明から始める奏多の声を聴きながら、にやけてくる口元を隠すように押さえる。守られていると実感するのは、胸の奥をくすぐられるような心地よさだった。


そもそもの始まりは、暑い夏の盛りまで遡《さかのぼ》る。

「ドキュメンタリー番組？」

手元の企画書から目を上げた法隆は、ソファセットの向かい側に顔を向けた。

「そう。日曜の夜に放送してる、あれだよ」

まだ身内にも内密の段階なため、事務所の応接室で、ふたりきりの打ち合わせだった。

「受けるかどうか、最終的な判断は、法隆に任せるから」

主役は法隆だからと言われて、あらためて企画書に書かれた内容に目を通す。

番組自体は何度か見たことがある。

業界の第一線で活躍する人物にスポットを当て、その魅力や素顔に迫るのがテーマで、ときには長期間に及ぶ密着取材が行われるという。

「なんで俺に出演依頼が？」

「今年の国際展覧会での高評価と、あと、あのスペースデザイン。ネットで広まったのが話題になってるらしい。番組としては、イタリアでの映像も撮りたいって」

話題に華がある展覧会での成功が企画のメインになっているけれど、もちろん選ばれたのは、いままでの実績があるからだ。

「カナはどう思う？」

法隆が問いかけると、奏多は少し考えてから答えた。

「そうだな、悪くないんじゃないか」


その男の素顔は。

「理由は？」

「長く続いている番組だから、出演者に名を連ねるだけでも価値はあると思う。宣伝にもなるけど、それは良くも悪くもといったところかな。あとは……他人の目が写し取った法隆ってどんなふうなのか、ちょっと興味がある」

「それなら受けるしかないな」

「えっ？　もう少し考えなくてもいいのか？」

「カナが悪くないと思ったのなら、大丈夫だろ」

その辺りの奏多の判断は信用している。

かくして『デザイナー・法隆秋仁』を題材にした、ドキュメンタリー番組の制作が決定した。

展覧会が開催中の真夏のイタリアと、季節が変わって冬の日本で、密着取材ロケが行われることになった。

移動中のタクシーのなかで、撮影中のカメラマンから唐突に質問された。

「あなたのデザイナーとしての原点はなんですか？」

これまでに何度となく受けてきた質問だ。

法隆はいつも考えるふりをして、同じような答えをくり返してきた。

「子供の頃からなにかを作ることが好きで、そのまま大人になったようなものだから、なにが原点なのか、自分でもよくわかりませんね」

「では、デザイナーになろうと思ったきっかけは？」

「同じです。自然といつの間にか……という感じです」

それらしい答えを返せば、相手は法隆のことを勝手に理解して納得してくれる。

生まれながらのカリスマとか、自然体で創造するデザイナーとか、いろいろと好きに呼ばれているけれど、そのなかに正解はひとつもない。

質問が途切れたので、ウインドーの外を流れる景色に視線を向けると、覚えのある巨大看板が目に入ってきた。

法隆が手掛けたジュエリーブランドの広告で、モデルのヒロヤが煌《きら》めくダイヤモンドを身につけて妖艶《ようえん》に微笑《ほほえ》んでいる。

たしかこの撮影の日の夜も、奏多はヒロヤと待ち合わせて食事に行ったのだと思いだした。

その男の素顔は。

あの日は酒も飲んだらしく、随分とご機嫌な様子で帰宅した。

ひとりだけ楽しそうな様子が面白くなくて、楽しい酒なら俺でも飲ませてやれると言うと、たまには息抜きをさせろと文句が返ってきた。

息抜きが必要なほどいまの生活は窮屈《きゅうくつ》なのだろうかと軽く落ち込んだが、翌朝の奏多は、自分の発言を覚えていなかった。それどころか、地酒の品揃えがいい店を紹介してもらったので、今度はふたりで行こうと笑顔で誘う始末だ。

落ち込んでいた気分もすぐに浮上したのを覚えている。

「法隆さん、なにか楽しいことを思い出しましたか」

ふいに声をかけられて、法隆は物思いから現実へと引き戻された。

いつの間にかカメラの存在を忘れていた。

ずっと撮り続けていたのか、きらりと光るレンズが法隆を狙っている。

「まあ、そんなところです」

せっかく奏多の可愛い笑顔を思い出していたのに、邪魔をされて気分が下がった。

もちろん顔には出さないし、相手に悟らせもしないけれど。

簡単な男なのだ。

特に奏多が絡むと、それが顕著《けんちょ》になる。

いままで誰にも教えたことはないが、デザイナーになろうと決心した瞬間もそうだった。

それまでの法隆は、奏多と同じ高校を卒業し、同じ大学へ進んだら芸術大学だったという、自分の生き方に無頓着な男だった。

奏多と一緒に歩いていけるなら、なんでもよかったのだ。

だからもしも奏多がプロのアスリートを目指していたなら、法隆も同じスポーツの道に進んでいたし、研究者を目指していたなら、今頃は象牙の塔の住人だっただろう。

芸術に特別な思い入れはなかったが、奏多が影響を受けたものを、隣で一緒に吸収していくのは楽しかった。

最初のきっかけは、学内コンクールで法隆の作品が大賞に選ばれたときだ。

『おまえ、本当にすごいな！　昔から思ってたけど、才能があるよ！』

瞳をキラキラと輝かせた奏多に褒《ほ》められて、とても嬉しかった。

奏多の作品はどの賞にも入らなかったのに、本人よりも喜んでくれていたのが余計に嬉しかった。

いい作品を作ったら、奏多が褒めてくれる。喜ばせることができる。

それがモチベーションとなり、法隆は次第にデザインに真面目に取り組むようになっていた。

大学を卒業し、それぞれに就職してから数年後。

独立を決めたと報告した法隆に、奏多は、自分も会社を辞めるから一緒に事務所を始めようと言っ

その男の素顔は。

てくれた。

『大丈夫。おまえはすごい才能を持ってるんだから、心配してないよ』

デザイナーは法隆のみ。広告代理店で経験を積んでいた奏多は、デザイン以外のすべて引き受けてくれることになった。

これで奏多と運命共同体になった。これからの人生は、奏多も一緒に背負っていくのだ。

そう自覚した瞬間に決心していた。

本当の意味でデザイナーになろうと。

いい作品を作ると奏多が褒めてくれる。喜んでくれる。

いまでもそれが、法隆のモチベーションであることに変わりはない。

あなたのデザイナーとしての原点はなんですか?

それは間違いなく、奏多だ。

年が明けて放送された番組は、かなりの高視聴率を上げ、双方にとっていい結果に終わった。

全国ネットで顔をさらしたせいか、外を歩いていると通りすがりに気付かれ、声をかけられることが何度かあった。

牽制《けんせい》する壁を自分の周囲に張り巡らせておけばいいとヒロヤから教わり、実行してみたら遠巻きに見られる程度ですむようになったが、煩《わずら》わしいことに変わりはなかった。

「だからって、なんで家に呼ぶんだよ」

不満をアピールすると、アイランドキッチンの前に立つ奏多が、手にしたおたまで鍋の中をかき混ぜながら答えた。

「仕方ないだろ。誰かさんが有名人になっちゃって、外じゃゆっくりできないし」

ダイニングテーブルに座ってその様子を眺めていた法隆は、それを言われるとなにも反論できなくなって、ぐっと言葉を飲み込む。

「結構な引っ越し祝いも貰ったし、ちゃんとお礼はしないと」

秋の終わりに引っ越したばかりのタワーマンションは、以前の部屋よりも広くて居心地がいい。

念願だった奏多との同居を実現させた法隆は、幸せの真っ只中にいた。それなのに……。

インターフォンが望んでいない来客を告げる。

「ほら、早く出て」

その男の素顔は。

奏多に促されて、法隆は仕方なく客を玄関に迎え入れた。

「久しぶりだな、法隆。見たぞ、番組」

白い花を集めて作られた花束と、手土産の酒を持って訪ねてきたのは、飛嶋俊司《とびしましゅんじ》。

法隆にとっては油断のできない要注意人物だ。

未だに奏多を諦めていないのか、なにかとちょっかいをかけてくるのが気に入らない。

キッチンスペースへ戻ると、料理を運んでいた奏多が、嬉しそうな笑顔を浮かべたのも余計に法隆を不機嫌にさせた。

「いらっしゃい、飛嶋。どうぞ、座って」

奏多が勧めた椅子も、このテーブルも、法隆がデザインしたシリーズのものだ。

新居に移る際に家具を新調したいと言われて、奏多の思うとおりに任せたら、リビングの家具のほとんどが法隆の作品でまとめられていた。

シリーズにないものは、同じ家具ブランドの別のコレクションから、近い印象のものを選ぶという徹底ぶりだ。

「いい部屋だな。奏多らしい雰囲気でおちつく」

「そう？　インテリアのプロに褒められると照れるよ。ありがとう」

まんざらでもない顔で花束を受け取る奏多は、その花よりも綺麗だ。

その男の素顔は。


奏多らしさを感じて当然だ。奏多のために、似合うように作ったのだから。

先にダイニングテーブルに座り、行儀悪く頬杖《ほおづえ》をついていると、奏多に叱られた。

「法隆も、ちゃんとおみやげのお礼を言えよ」

「……気遣いに感謝する」

仕方がないので、不本意ながら礼を言うと、なぜか飛嶋に笑われた。

「なんだよ」

「いや……なんて言うか……雰囲気がすっかり夫婦だなと思って」

「えっ」

動揺して声を上げたのは奏多だ。

はにかみながら髪をいじる奏多の左手には、銀色のリングが光っている。

そのあまりの愛らしさに、いますぐ飛嶋を追い返して、ふたりきりになろうかと本気で思っていたら、キッチンの端に置かれていた奏多のスマートフォンが、メールを受信したと報《しら》せた。

パタパタとスリッパの音を立てながら近寄って確かめる。

「ヒロヤだ。もうすぐ着くけど、なにかいるものはあるかって」

テーブルに用意された皿の数は四人分。

今夜は新居に初めて友人を招いての食事会だった。しかも一度にすませられるからと、面識のない飛嶋とヒロヤを一緒に呼んでいる。

「大丈夫……………っと」

奏多が返信してから数分後、来客を告げる音がリビングに明るく響いた。


番組の冒頭に、こんなナレーションが入っていた。


『愛想はいいけれど、取り付く島もない、そんな印象の男だった。

常に複数の仕事を抱え、そのひとつひとつに全力で取り組んでいるせいか、いつもなにかと慌《あわ》ただしい。

魅力的なルックスを持ちながら、ほとんどが仕事場と自宅マンションの往復で、なにを楽しみに生きているのかと疑問に思うほど、その後ろ姿はストイックだ。

妥協を許さない強い姿勢と、こだわりを突き詰めていくその揺るぎないまなざしは、誰しもが簡単に身につけられるものではない。

あれほどの熱量は、いったいどこから出てくるのだろう。

気がついたら、やたらとガードが固くて、なかなか内側を見せてくれない男が隠し持つ、素顔が見たいと思うようになっていた』

はたして素顔は暴かれたのか。

それは番組を見ればわかることだ。


その男の素顔は。

あとがき

こんにちは。こんばんわ。おはようございます。真先《まさき》です。

リンクスロマンスの九冊目は、つき合いの長い幼なじみのふたりが、いまさら恋人になるお話です。

こちらは二〇一一年のリンクス十月号に掲載された「今さらなふたり」という作品が、ありがたいことに新書化のお話をいただけて実現したものです。

新書化の際には、一話目にあたる雑誌掲載分を加筆修正できたりするのですが、ほんの数年前に書いたものなのに、時の流れを感じたことがありました。

それは主人公のひとりである法隆《ほうりゅう》がデザインしたのが携帯電話というくだりで、それはフィーチャーフォン。いわゆるガラパゴス携帯と呼ばれるもののことでした。

昨今ではスマートフォンが主流となり、それに合わせて他のアイテムに変更しようかとも考えたのですが、ガラケーは未だ根強い人気があるということで、そのまま収録していただくことになりました。

あとがきのネタになると担当さんとも話したので、本当に書いてみました。

けれどもいつか、そのスマートフォンが時代遅れの品になる日が来るかもしれなくて、

あとがき

それがほんの数年後でもおかしくないのだと思うと、古くなる一方の自分はどこまでついていけるのか、時の流れの速さをしみじみと考えさせられました。

それから作中に登場する展覧会やドキュメンタリー番組ですが、参考にさせていただいた元があるのですが、あくまで奏多《かなた》たちの世界での出来事で、こちらとは無関係なのだと広い心で読んでいただけますようお願いいたします。

それでは最後に。

挿絵を描いてくださったカワイチハル先生。短い作業期間にもかかわらず、ワイルドな法隆と美人な奏多を描いてくださってありがとうございました。

後ろから抱っこ、大好物です。

仕上がりが遅れて大変なご迷惑をおかけした担当様には、完成まで根気よく導いていただいて本当に感謝しております。

この本を手に取ってくださった皆様へ。

ありがとうございました。少しでも楽しんでいただけましたら幸いです。

また次の作品でもお会いできることを願っております。

真先ゆみ

初出

今さらなふたり	２０１１年 小説リンクス１０月号掲載
不器用なプロポーズ	書き下ろし
その男の素顔は。	書き下ろし

LYNX ROMANCE

ワンダーガーデン

真先ゆみ　illust. 笹生コーイチ

本体価格
855円+税

ピアノを続けたくて親の反対を押しきり音大に入学した春陽は、一年で仕送りを止められる。大学とアルバイトの両立がかなわずに春陽の生活は困窮してしまった。大好きなピアノにも触れなくなっていたある夏の日、春陽は行き倒れていたところを春陽の大学の卒業生である吉祥に拾われ、生活を共にすることになる。新生活はとても居心地のいい時間だけれど、精悍で大らかな吉祥の過剰なスキンシップに春陽の心は乱されて…。

LYNX ROMANCE

ずっと甘《あま》いくちびる

真先ゆみ　illust.笹生コーイチ

本体価格
855円+税

極上の容姿に穏やかな微笑みをのせ、カクテル・バーでアルバイトをしている音大生の麻生空也。ある冬の夜、一年前に空也を見そめた不遜な御曹司・成沢皇が現れ、彼の平穏な日々は崩れ去った。強引すぎるアプローチをくり返す成沢に、空也のため息の数は増えていくばかり。けれどふとした偶然で成沢の意外な一面を知った日から、彼に対する感情は少しずつ変化して…。

LYNX ROMANCE

ロマンスのレシピ

真先ゆみ　illust. 笹生コーイチ

本体価格
855円+税

「お待たせしました。高校生になったから、もう雇ってくれるよね?」夏休み、有樹はありったけの勇気を抱え、ティーハウス『TIME FOR TEA』の扉を開いた。一年前にふと足を踏み入れ、無愛想な店長の織部がかいま見せた優しさに、有樹は恋をしたのだ。なんとかアルバイトにこぎつけた有樹だが、かたくなな織部との距離はなかなか縮まらなくて…。短編「花のような君が好き」も収録し、ハートフルラブ満載。

LYNX ROMANCE

花《はな》降《ふ》る夜《よる》に愛《あい》は満《み》ちる

真先ゆみ　illust. 笹生コーイチ

本体価格
855円+税

蜂蜜色の髪に碧の瞳を持つたおやかな美貌のウィスティリアは、唯一の家族だった母亡きあと、名門貴族に名を連ねる伯父のもとで暮らしていた。芳しく白い花が咲きほころぶ春、国の第二王子の花嫁を決める催事が行われることになる。ウィスティリアの従妹も参加が決まっていたが、直前に失踪してしまう。代わりにウィスティリアが「姫」として城に赴くはめになるが、第三王子のグレンに男であることがばれてしまい——。

LYNX ROMANCE

伴侶《はんりょ》の心得《こころえ》

真先ゆみ

illust. 一馬友巳

本体価格
855円+税

神社で怪我をし、動けなくなってしまった深森。彼を助けてくれたのは自らを「天狗」と名乗る男・百嵐だった。治療のため屋敷に連れてこられた深森は、百嵐のことを怪しみつつも、傷が癒えるまで滞在することになった。母に捨てられてからは人を信じず、誰にも心を許さなかった深森だが、強引ながらも心から気遣ってくれる百嵐の姿に徐々に惹かれはじめる。だが、百嵐がある思惑をもって深森に近づいたことを知ってしまい…。

LYNX ROMANCE

手《て》をつないで、ずっと

真先ゆみ

illust. 北上れん

本体価格
855円+税

親友に片想いをしていた大学生の静和。長き恋も失恋に終わり、一人バーでやけ酒を呑んで酔っぱらってしまう。帰りがけに暴漢に襲われそうになった静和は、バーテンダーに助けられるが、彼は同じ大学で「孤高の存在」と噂される椿本だった。椿本とは話もしたことがなかったが、彼の家に連れていかれ、失恋で痛む気持ちを素直に打ち明けると、椿本に突然「好きだ」と告白され…。

LYNX ROMANCE

白銀《プラチナ》の使《つか》い魔《ま》

真先ゆみ

illust. 端縁子

本体価格
855円+税

白銀の髪のフランは、幼い頃に契約した主に仕えるため使い魔養成学校に通っていた。だがフランには淫魔とのハーフであるというコンプレックスがあった。淫魔は奔放な気質のせいで使い魔には不向きと言われていたからだ。そんなある日、同室のジェットへの想いがもとで淫魔として覚醒しはじめてしまうフラン。変化していく身体を持てあましているとジェットに「体調管理だと思え」と淫魔の本能を満たすための行為をされるが…。

LYNX ROMANCE

お兄《にい》さんの悩《なや》みごと

真先ゆみ

illust. 三尾じゅん太

本体価格
855円+税

美形作家という華やかな肩書きながら、趣味は弟のお弁当作りという至って平凡な性格の玲音は、親が離婚して以来、唯一の家族となった弟の綺羅を溺愛していた。そんなある日、玲音は弟にアプローチしてきている蜂谷という男の存在を知る。なんとかして蜂谷から弟を守ろうとする玲音だが、その矢先、長年の仕事仲間であった志季に、「いい加減弟離れして、俺を見ろ」と告白され…。

LYNX ROMANCE

レイジーガーディアン

水壬楓子　illust. 山岸ほくと

本体価格
870円+税

わずか五歳で天涯孤独の身となった黒江は、生きるすべなく森をさまよっていた時にクマのゲイルに出会い、助けられる。守護獣であるゲイルの主は王族の一員である高視で、その屋敷に引き取られた黒江は高視を恩人として慕い、今では執事的な役割を担っている。実はほのかにゲイルに恋心を抱いていた黒江だが、日がな一日中怠惰な彼に対し小言を並べ叱ることで自分の気持ちをごまかしていた。そんな折、ある事件が起こり……。

LYNX ROMANCE

百日《ひゃくにち》の騎士《きし》

剛しいら　illust. 亜樹良のりかず

本体価格
870円+税

大学生の寿音は、旅行中、突然西洋甲冑を着た大男と出会う。言葉も通じない男を見捨てられずに、家に連れ帰った寿音。わずかばかり聞き取れる彼のラテン語らしき言葉から分かったのは、ランスロットという名前と、彼が円卓の騎士の一人で魔術師により異世界に飛ばされてしまったという内容だった。百日経てば元の世界に帰れるという彼の言い分に、半信半疑ながらも一緒に過ごすうち、紳士的な彼の内面徐々に惹かれていき……。

LYNX ROMANCE

うさミミ課長《かちょう》～魅惑のしっぽ～

あすか　illust. 陵クミコ

本体価格
870円+税

菓子パン会社課長の長谷川は、冷たい印象で話しかけにくいと言われていたが、その外見に反し可愛いキャラクターが大好きで、なかでも幼い頃からうさぎには並々ならぬ愛情を抱いていた。そんな彼の夢は究極の「うさみみパン」を作ること。長谷川は、熱心な部下の池田櫂人とともに新商品のプレゼンに臨むがなんとその最中、突然うさぎの耳としっぽが生えてきてしまう。さらにそれを触られるうち、身体が熱くなってきてしまい……。

LYNX ROMANCE

身代《みが》わり花嫁《はなよめ》の誓約《せいやく》

神楽日夏　illust. 壱也

本体価格
855円+税

柔らかな顔立ちの大学生・珠里は、名門・鷲津家に仕える烏丸家の跡取りとして、鍛錬に励む日々を送っていた。そんなある日、幼い頃から仕えてきた主の威仁がザーミル王国のアシュリー姫と婚約したと聞かく。どこか寂しさを覚えつつも、威仁の婚約者を守るため、人前ではアシュリー姫の身代わりを引き受けることになった珠里。だが身代わりの筈なのに、まるで本物の恋人のように扱ってくる威仁に次第に戸惑いを覚えはじめて……。

LYNX ROMANCE

双龍《そうりゅう》に月下《げっか》の契《ちぎ》り

深月ハルカ　illust.絵歩

本体価格
870円+税

天空に住まう王を支え、特異な力で国を守る者たち・五葉。次期五葉候補として下界に生まれた羽流は、自分の素性を知らず、覚醒の兆しもないまま、天真爛漫に暮らしていた。そんな折、羽流のもとに国王崩御の知らせが届く。それを機に、新国王・海燕が下界に降り立つことに。羽流は秀麗かつ屈強な海燕に強い憧れを抱き、「殿下の役に立ちたい！」と切に願うようになる。しかし、ついに最後の五葉候補が覚醒してしまい――？

LYNX ROMANCE

彷徨者《さまようもの》たちの帰還《きかん》〜守護者の絆〜

六青みつみ　illust.葛西リカコ

本体価格
870円+税

帝国生まれながら密入国者集団が隠れ住む『天の国』で育ったキースは、聖獣や騎士のことを知らずに育った。生来の美貌で、幼い頃から性的な悪戯を受けることが多かったキースは、人間不信に陥っていた。そんな折、成人の儀式で、光り輝く繭卵を見つけ大切に保管する。数年後、孵化した聖獣に驚くキースだが〝対の絆〟という、言葉も概念も分からないまま誓約を結び、聖獣をフェンリルと名付け、育て始めるのだが――。

LYNX ROMANCE

蜜夜《みつや》の忠誠《ちゅうせい》

高原いちか　illust.高座朗

本体価格
870円+税

類い稀なる美貌と評されるサン＝イスマエル公国君主・フローランには、異母兄と噂されるガスパールがいた。兄を差し置いて自分が王位を継いだことに引け目を感じつつも、フローランは「聖地の騎士」として名を馳せるガスパールを誇りに思ってきた。だが、そんな主従の誓いが永遠に続くと信じていたある日、フローランは兄が自分を愛しているという衝撃の事実を知る。許されない関係と知りながら、兄の激情に翻弄されていくが…。

LYNX ROMANCE

セーラー服《ふく》を着《き》させて

柊モチヨ　illust.三尾じゅん太

本体価格
870円+税

容姿端麗で隙がない男・柚希には、長年抱えてきた大きな秘密がある。それは「包容力のある年上男性に抱かれたい！」という願望を持つ、乙女なオネエであること。そんな柚希はある晩、金髪碧眼の美少年・恭平を絡まれていた男たちから助ける。まるで捨て猫のように警戒心を露わにする恭平を見捨てられず、気に掛けるようになった柚希だが、不器用で純朴な彼の素顔を知るうちに、次第に庇護欲以上の好意を抱くようになり…。

LYNX ROMANCE

たとえ初《はじ》めての恋《こい》が終《お》わっても

バーバラ片桐　illust. 高座朗

本体価格 870円+税

戦後の闇市。お人好しの稔は、闇市を取り仕切るヤクザの世話になりながら生活していた。ある日、稔はGHQの大尉・ハラダと出会い、親切にしてくれる彼に徐々に惹かれていく。そんな中、闇市に匿われていた戦犯・武田がGHQに捕らわれ、そのことで、ハラダが稔に親切にしてくれていたのは、武田を捕らえる目的だったことを知る。それでも恋心が捨てきれない稔は、死ぬ前にもう一度ハラダに会いたいと願うが…。

LYNX ROMANCE

硝子《ガラス》細《ざい》工《く》の爪《つめ》

きたざわ尋子　illust. 雨澄ノカ

本体価格 870円+税

旧家の一族である宏海は、自分の持つ不思議な『力』が人を傷つけることを知って以来、いつしか心を閉ざして過ごしてきた。だがそんなある日、宏海の前に本家の次男・隆衛が現れる。誰もが自分を避けるなか、力を怖がらず接してくる隆衛を不思議に思いながらも、少しずつ心を開いていく宏海。人の温もりに慣れない宏海は、甘やかしてくれる隆衛に戸惑いを覚えつつも惹かれていき…。

LYNX ROMANCE

月《げつ》狼《ろう》の眠《ねむ》る国《くに》

朝霞月子　illust. 香咲

本体価格 870円+税

ヴィダ公国第四公子のラクテは、幻の月狼が今も住まうという最北の大国・エクルトの王立学院に留学することになった。しかし、なんの手違いか后として後宮に案内されてしまう。そんなある日、敷地内を散策していたラクテは伝説の月狼と出会う。神秘の存在に心躍らせ、月狼と逢瀬を重ねるラクテ。そしてある晩月狼を追う途中で、同じ色の髪を持つ謎の男と出会うのだが、後になって実はその男がエクルト国王だと分かり…？

LYNX ROMANCE

狐《きつね》が嫁《よめ》入《い》り

茜花らら　illust. 陵クミコ

本体価格 870円+税

大学生の八雲の前に突如、妖怪が現れる。友人が妖怪に捕らわれそうになり、八雲が母から持たされたお守りを握りしめると、耳元で『私の名前をお呼びください』と囁く男の声が…。頭の中に浮かんだ名を口にすると、銀色の髪をした美貌の男が現れ、八雲を助け消えてしまった。白昼夢でも見たのかと思っていた八雲だが、翌朝手のひらサイズの白い狐が現れ『自分はあなたの忠実な下僕』だと言い出して——。

LYNX ROMANCE

シークレット ガーディアン

水壬楓子　illust. サマミヤアカザ

本体価格
870円+税

北方五都とよばれる地方で最も高い権勢を誇る月都。王族はそれぞれの守護獣を持っていて、第一皇子の千弦には破格の守護獣・ペガサスのルナがついていた。そのうえ、自らが身辺警護に取り立てた男・牙軌が常に付き従っている。寡黙で明鏡止水のごとき牙軌に対し、千弦は無自覚に恋心を抱いていたが、つまらない嫉妬から牙軌を辺境の地へ遠ざけてしまう。その頃、盗賊団によって王宮を襲撃するという計画がたてられており…。

LYNX ROMANCE

ゆるふわ王子《おうじ》の恋《こい》もよう

妃川螢　illust. 高宮東

本体価格
870円+税

見た目は極上、芸術や音楽には天賦の才を見せ、運動神経は抜群。でも頭の中身はからっぽのザンネンなオバカちゃん。そんな西脇円華は、大学入学前の春休みにバリのリゾートホテルで余暇をすごすことに。そこで小学生の頃、一緒に遊んだスウェーデン人のユーリと再会する。鈍感な円華は高貴な美貌の青年がユーリだと気づくことが出来ず怒らせてしまう。それにもめげず無自覚な恋心を抱いた円華は無邪気にアプローチし続けて…。

LYNX ROMANCE

ファーストエッグ 2

谷崎泉　illust. 麻生海

本体価格
900円+税

警視庁捜査一課でもお荷物扱いとなっている特命捜査対策室五係。中でも佐竹は、気怠げな態度と自分本位な捜査が目立つ問題刑事だった。その上、佐竹は元暴力団幹部で高級料亭主人の高御堂と同棲している…。端正な顔立ちと、有無を言わさぬ硬い空気を持った高御堂とは、快楽を求めあうだけの、心を伴わない身体だけの関係だった。そんな中『月岡事件』を模倣した連続事件が発生し、更に犯人の脅迫は佐竹自身にも及び…?

LYNX ROMANCE

囚《とら》われ王子《おうじ》は蜜夜《みつや》に濡《ぬ》れる

葵居ゆゆ　illust. Ciel

本体価格
870円+税

中東の豊かな国・クルメキシアの王子であるユーリは、異母兄弟たちと異なる金髪と銀色の目のせいで王宮内で疎まれながら育ってきた。ある日、唯一可愛がってくれていた父王が病に倒れ、ユーリは「貢ぎ物」として隣国に行くことを命じられる。その準備として兄の側近であるヴィルトに淫らな行為を教えられることに。無感情な態度で自分を弄んでくるヴィルトに激しい羞恥を覚えるものの、時折見せる優しさに次第に惹かれていき…。

LYNX ROMANCE

幼《おさな》馴《な》染《じ》み〜荊《いばら》の部屋〜

沙野風結子　illust. 乃一ミクロ

本体価格855円+税

母の葬儀を終えた舟の元に、華やかな雰囲気の敦朗が訪ねてくる。二人は十年振りに再会する幼馴染みだ。十年前、地味で控えめな高校生だった舟は、溌剌とした輝きを持つ敦朗に焦がれるような想いを抱いていた。だが親友ですらない、ただの幼馴染みであることに耐えかねた舟は、敦朗と決別することを選んだ。突然の来訪に戸惑い、何も変われていないことに苛立ちを覚える舟の脳裏に、彼との苦しくも甘美な日々が鮮明に甦り——。

LYNX ROMANCE

蝕《むしば》みの月《つき》

高原いちか　illust. 小山田あみ

本体価格855円+税

画商を営む汐方家の三兄弟、京、三輪、梓馬。三人の関係は四年前、病で自暴自棄になった次男の三輪を三男の梓馬が抱いたことで、大きく変わった。血の繋がらない梓馬だけでなく、二人の関係を知った長男の京まで三輪を求めてきたのだ。幼い頃から三輪を想ってくれた梓馬のまっすぐな気持ちを嬉しく思いながら、兄に逆らえず身体を開かれる三輪。実の兄からの執着と、義理の弟からの愛情に翻弄される先に待つものは——。

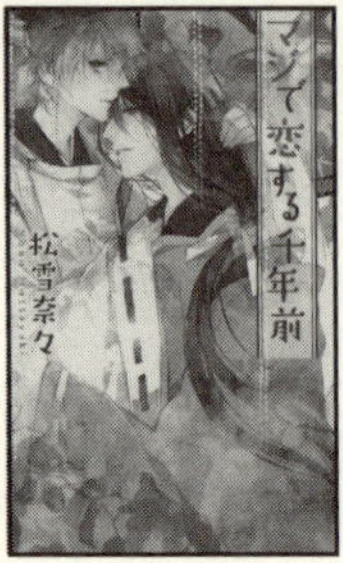

LYNX ROMANCE

マジで恋《こい》する千《せん》年《ねん》前《まえ》

松雪奈々　illust. サマミヤアカザ

本体価格855円+税

平凡な大学生の真生は突然平安時代にタイムスリップしてしまう。なんと波長が合うという理由で、陰陽師・安倍晴明に心と身体を入れ替えられてしまったのだ。さらに思う存分現代生活を満喫したいという晴明のわがままにより、三カ月の間平安時代で彼の身代わりをする羽目に。無理だと断るが、晴明が残した美貌の式神・佐久に命じられるままなんとか晴明のふりをする真生。そんな中、自分を支えてくれる佐久に惹かれていくが…。

LYNX ROMANCE

ネコミミ王《おう》子《じ》

茜花らら　illust. 三尾じゅん太

本体価格855円+税

母が亡くなり、天涯孤独となった千鶴の元に、ある日、存在すら知らなかった祖父の弁護士がやって来る。なんと、千鶴に数億にのぼる遺産を相続する権利があるらしい。しかし、遺産を相続するには士郎という男と一緒に暮らし、彼の面倒を見ることが条件だという。しばらく様子を見るため、一緒に暮らし始めた千鶴だが、カッコイイ見た目に反して、ワガママで甘えたな士郎。しかも興奮するとネコミミとしっぽが飛び出る体質で…。

LYNX ROMANCE

美《び》少年《しょうねん》の事情《じじょう》

佐倉朱里　illust. やまがたさとみ

本体価格
855円＋税

くたびれたサラリーマンの佐賀は、ある日、犬を助けようと川に入ったところ流されてしまい意識を失うが、目覚めると異世界へとトリップしてしまっていた。しかも不思議なことに、自分の姿がキラキラした美青年に。ヨーロッパのような雰囲気が漂う異世界で、貴族の青年・サフィルと一緒に生活することになるが、今の美青年の見た目に反しいちいちやることがオッサンくさい佐賀。しかし、いつしかサフィルが佐賀に惹かれ始め…。

LYNX ROMANCE

オオカミの言《い》い分《ぶん》

かわい有美子　illust. 高峰顕

本体価格
870円＋税

弁護士事務所で居候弁護士をしている、単純で明るい性格の高岸。隣の事務所のイケメン弁護士・末國からなにかと構われ、ちょっかいをかけられていたが、ニブちんの高岸は末國から送られる秋波に全く気づかずにいた。そんなある日、同期から末國がゲイだという噂を聞かされた高岸は、ニブいながらも末國のことを意識するようになる。しかし、警戒しているにもかかわらず、酔った勢いでお持ち帰りされてしまい…。

LYNX ROMANCE

お金《かね》はあげないっ

篠崎一夜　illust. 香坂透

本体価格
870円＋税

「勤務時間内は、俺に絶対服従」金融業を営む狩納に多額の借金で拘束される日々を送る綾瀬雪弥は、ある事情から二週間、狩納の親代わりである染矢の弁護士事務所で住み込みで働くことになる。厳しい染矢に認めてもらえるよう慣れない仕事にも頑張る綾瀬。一方、限られた期間とはいえ、綾瀬と離れて暮らすことに我慢できない狩納は、染矢の事務所や大学でまでセクハラを働き…？　大人気シリーズ第８弾！

LYNX ROMANCE

無《む》垢《く》で傲《ごう》慢《まん》な愛《あい》し方《かた》

名倉和希　illust. 壱也

本体価格
870円＋税

天使のような美貌を持つ、元華族という高貴な一族の御曹司・今泉清彦は、四年前、兄の友人であり大企業の副社長・長谷川克則に熱烈な告白をされた。清彦はその想いを受け入れ、晴れて相思相愛に。以来「大人になるまで手を出さない」という克則の誓約のもと、二人は清い関係を続けてきた。しかし、まったく手を出してくれない恋人にしびれを切らした清彦は、二十歳の誕生日、あてつけのつもりでとある行動を起こし…？

LYNX ROMANCE

執愛《しゅうあい》の楔《くさび》

宮本れん　illust. 小山田あみ

本体価格
870円＋税

老舗楽器メーカーの御曹司で、若くして社長に就任した和宮玲は、会長である父から、氷堂瑛士を教育係として紹介される。怜悧な雰囲気で自分を値踏みしてくるような氷堂に反発を覚えながらも彼をそばに置くことにした玲。だがある日、取引先とのトラブル解決のために氷堂に頼らざるをえない状況に追い込まれてしまう。そんな玲に対し、氷堂は「あなたが私のものになるのなら」という交換条件を持ちかけてきて…。

LYNX ROMANCE

神《かみ》さまには誓《ちか》わない

英田サキ　illust. 円陣闇丸

本体価格
855円＋税

何百万年生きたかわからないほど永い時間を、神や悪魔などと呼ばれながら過ごしてきた腹黒い悪魔のアシュトレト。日本の教会で牧師・アシュレイと出会ったアシュトレトは、彼と親交を深めるが、上総の車に轢かれ、命を落としてしまう。アシュトレトはアシュレイの一人娘のため彼の身体に入り込むことに。事故を気に病む上総がアシュレイの中身を知らないことをいいことに、アシュトレトは彼を誘惑し、身体の関係に持ち込むが…。

LYNX ROMANCE

空《そら》を抱《いだ》く黄《おう》金《ごん》竜《りゅう》

朝霞月子　illust. ひたき

本体価格
855円＋税

のどかな小国・ルイン国で平穏に暮らしていた純朴な王子・エイプリルは、出稼ぎのため世界に名立たるシルヴェストロ国騎士団へ入団する。ところが『破壊王』と呼ばれる屈強な騎士団長・フェイツランドをはじめ、くせ者揃いな騎士団においてはただの子供同然。自分の食い扶持を稼ぐので精一杯の日々。その上、豪快で奔放なフェイツランドに気に入られてしまったエイプリルは、朝から晩まで、執拗に構われるようになり…？

LYNX ROMANCE

危《き》険《けん》な遊《ゆう》戯《ぎ》

いとう由貴　illust. 五城タイガ

本体価格
855円＋税

華やかな美貌の持ち主である高瀬川家の三男・和久は、誰とでも遊びで寝る奔放な生活を送っていた。そんなある日、和久はパーティの席で兄の友人・義行に出会う。初対面にもかかわらず、不躾な言葉で自分を馬鹿にしてきた義行に腹を立て、仕返しのため彼を誘惑して手酷く捨ててやろうと企てた和久。だがその計画は見抜かれ、逆に淫らな仕置きをされることになってしまう。抗いながらも次第に快感を覚えはじめた和久は…。

LYNX ROMANCE

今宵《こよい》スイートルームで

火崎勇　illust. 亜樹良のりかず

本体価格
855円+税

ラグジュアリーホテル『アステロイド』のバトラーである浮島は、スイートルームに一週間宿泊する客・岩永から専属バトラーに指名される。岩永は、ホテルで精力的に仕事をこなしながらも毎日入れ替わりでセックスの相手を呼び遊んでいたが、そのうち浮島にもちょっかいをかけてくるようになる。そんな岩永が体調を崩し、寝込んだところを浮島が看病したことから、二人の関係は徐々に近づいてゆき…。

LYNX ROMANCE

臆《おく》病《びょう》なジュエル

きたざわ尋子　illust. 陵クミコ

本体価格
855円+税

地味だが整った容姿の湊都は、浮気性の恋人と付き合い続けたことですっかり自分に自信を無くしてしまっていた。そんなある日、高校時代の先輩・達祐のもとを訪れることに。面倒見の良い達祐を慕っていた湊都は、久しぶりの再会を喜ぶが、達祐から「昔からおまえが好きだった」と突然の告白を受ける。必ず俺を好きにさせてみせるという強引な達祐に戸惑いながらも、湊都は次第に自分が変わっていくのを感じ…。

LYNX ROMANCE

カデンツァ 3 〜青の軌跡〈番外編〉〜

久能千明　illust. 沖麻実也

本体価格
855円+税

ジュール＝ヴェルヌより帰還し、故郷の月に降り立ったカイ。自身をバディ飛行へと駆り立てた原因でもある義父・ドレイクとの確執を乗り越えたカイは、再会した三四郎と共に『月の独立』という大きな目的に向かって邁進し始めた。そこに意外な人物まで加わり、バディとしての新たな戦いが今、幕を開ける――！そして状況が大きく動き出す中、カイは三四郎に『とある秘密』を抱えていて…？

LYNX ROMANCE

ワンコとはしません！

火崎勇　illust. 角田緑

本体価格
855円+税

子供の頃、隣の家に住んでいたお兄さん・仁司のことが大好きだった花岡望は、毎日のように遊んでくれる彼を慕っていたが、突然の引っ越しで離ればなれになってしまう。さらに同じ日に愛犬のタロが事故に遭い死んでしまった。大学生になったある日、望は会社員になった仁司と再会する。仁司と楽しい時間を過ごしていたが、タロの遺品である首輪を見せた途端、彼は突然望の顔を舐め、「ワン」と鳴き…？

この本を読んでの
ご意見・ご感想を
お寄せ下さい。

〒151-0051
東京都渋谷区千駄ヶ谷4-9-7
(株)幻冬舎コミックス　リンクス編集部
「真先《まさき》ゆみ先生」係／「カワイチハル先生」係

リンクス ロマンス

不器用なプロポーズ

2014年8月31日　第1刷発行

著者……………真先《まさき》ゆみ
発行人…………伊藤嘉彦
発行元…………株式会社　幻冬舎コミックス
〒151-0051　東京都渋谷区千駄ヶ谷4-9-7
TEL 03-5411-6431（編集）
発売元…………株式会社　幻冬舎
〒151-0051　東京都渋谷区千駄ヶ谷4-9-7
TEL 03-5411-6222（営業）
振替00120-8-767643
印刷・製本所…株式会社　光邦
検印廃止

ISBN978-4-344-83200-8　C0293
Printed in Japan

幻冬舎コミックスホームページ　http://www.gentosha-comics.net